京都之心

之心 京都

曾郁雯 文 攝影

謝謝寶琴夫人

郁雯

10. 5. 2017.

目次

說不盡京都迷人 舒國治

京都一晃眼又好兩年沒去了，卻不時思念及之。我常想，為什麼總是京都？為什麼？

想來想去，我想最主要它太像可以是所有中國人自己偶要一去探看的故鄉。

怎麼說呢？一、它可以全面的、安安靜靜的讓你細細端詳而絲毫不被驚動。乃你的長相完全融於其間，不被視為西方外地之人。正由於你不受盯看，以是方得從容參詳。二、只要不開口，你所收得的京都，便是最視覺之京都。而純粹視覺下的京都，我以為正是京都的最高美感。然則此種純粹眼睛收得之京都，必須閒閒得之，必須不被別人盯看。三、京都之最美，常在於古寺、名所觀賞之際中途穿街走巷所不意經過的零星片斷景致。此等景致，不是你曾於唐宋詩文讀過，便是你童時上學放學田野阡陌走經，這諸多綠草野花，小橋人家、店窗肆簾、短崗土牆，便是我等外國人亦可視作故鄉之最佳家山鄉田也。

然如此這般的京都，或只有「在京都過尋常人家日子」之人才可獲得。我等外地遊客豈能妄想？看來只好扮演。

扮演，要訣在於不貪多。亦即，每日去的景點，盡量少。

例如去嵐山、嵯峨野；只去一個寺院，如常寂光寺。天龍寺、大覺寺、二尊院、化野念佛寺皆不去。再就是，只選幾處閒逸小區塊散步；如自小督庵往吉兆附近的保津川邊走走看看；如天龍寺北門的竹林；如大澤池周邊；如落柿舍左近的菜畦人家；如瀨戶川北面的鄉舍田疇。

例如去宇治；只在宇治川兩岸慢慢蕩步；北岸的靜美人家，南岸的土堤樹影，皆是幾百年因緣際會沉澱下來的至佳勝景，世界之大，沒有太多這樣美妙的又有山水又有人煙的所在；即使沒去平等院，沒去源氏物語博物館，宇治已足以悠閒徜徉一整個下午了。

例如一早至北山通的植物園北門前的「進進堂」二樓吃早餐；麵包種類繁多。再散步至賀茂川邊，南行，先逛東岸，再逛西岸（如加茂街道），出雲路橋左近最值佇足，可深深大口呼吸。若遇隆冬，偶飄雪，一觸川面便化，幽清極矣。

例如去奈良；在最無人時分，佇足猿澤池畔，亦可高高站於東北面的階梯（通往五重塔者）上，可細細體會一兩百年前江戶小說的典型場景。自一の鳥居，穿過江戶三旅館的木屋群落，東南行，至浮見堂，再往志賀直哉舊居，這一路上，樹林景，池塘景，民家景，俱最灑然。奈良公園，處處可流連，尤以二月堂向西向北稍走，景最雅馴，大湯屋、鐘樓可略看，正倉院這大木架床式倉庫建築，可遠眺。

例如每月二十五日去北野天滿宮；逛古物跳蚤市場，一兩小時逛完，可至北野白梅町站，乘京福電鐵這種小火車，慢慢吞吞的坐個四站，至御室前，此站正對著一座寺院（仁和寺也）的山門，何等凡俗的庶民街坊小景，卻又是何等獨絕天成的至妙奇觀。這節小火車可一直坐至嵐山，車窗外全是伸手可及的尋常百姓與店家。這一路上，即使不去龍安寺，不去等持院，不去金閣寺，不去妙心寺，亦絕對是一塊令人怡悅的京都。

要能捨得，才更有獲取。近讀曾郁雯新書《京都之心》，發現她玩賞京都每日只專注一二件主要事，竟是感觸極深；關於食物，名目細細描寫，材料花色娓娓記錄，或許有賴她的勤於拍照，勤於做筆記，甚至有賴於她的不厭其煩的詢問。關於日本人的體貼，或日人生活中隨處可見的細膩設計，她鉅細靡遺，盡看在眼裡；或在於郁雯自己便是來

自很懂體貼的家庭，自己原是享受體貼也享受貢獻體貼的一個佳美生活實踐者。

郁雯或許對於美、對於物質、對於生活，有極高的著迷，有極精密的凝視，有極探根索柢的好奇心，這樣的人，日本，或說京都，於她真是再理想也不過的地方了。

她寫到吉田山莊，我經過多次，從未進去。她寫晴鴨樓，寫好些個料理旅館，皆有意思之極；教我這個一家料理旅館亦未下榻過的門外漢亦不禁心生羨意。尤其她說早上起不來，可以賴床而女中亦不來催促，與深夜套上旅館拖板往牆外深巷吃宵夜，更是令我常住晚上有門禁而早上十時前必須離店的這種小旅館住客感到汗顏之極：於京都太不曉繾綣人情之享受，只一意拘守簡儉、屈就於日人冷峻之無謂慣律，太不值也！

加上她寫景有一股躍躍欲喜（因出遊太興奮矣）的筆意，毋寧暗合「和風」的輕巧靈動（像描寫某人用「寡言毛衣男」字樣）。她寫京都「煮婦」喝百貨公司地下樓的下午茶，「聊啊聊，聊到該準備回家煮飯了，會突然回魂，馬上做鳥獸散」，去買「半熟品」，「回家加工幾下，就不會被發現整個下午打混的秘密」。說到吃湯豆腐，「先回旅館沖個澡……，記得千萬別噴香水」。

她的生活實情感受恁是飽滿，很自然便能道出「宇治……和故鄉三峽很像」這樣生動之譬喻，太多太多字裡行間對遊賞異地千花萬草的無盡感激與人生在世的知足滿意，這才真是旅行寫作最富深情之流露也。

（舒國治，作家，著有《門外漢的京都》等書）

花朝一瞬

張瑞芬

二〇〇八年十一月，在歐巴馬勝選，陳雲林訪台的諸多騷動中，讀到《京都之心》這一帖深秋的清涼方，飛揚的情緒因之靜定下來。在出版市場寒凍的現下，林文義讚譽曾郁雯的一句「美質歸返」，為文學人的純淨心靈所下的註腳，又是何等有分量而令人喟嘆的話。

剛讀曾郁雯這本圖文並茂的《京都之心》，我真的忍不住笑。這簡直是舒國治粗手大腳門外漢的反面版嘛！追櫻、探楓、賞雪，人美麗，景清幽，杯盤瓷碗像擺家家酒，每個環節都不可破壞了美感。在曾郁雯習為珠寶打理門面的一雙巧手下，京都像五十六面完美切割的頂級鑽，不同角度都輝映著光。圓球漆器內裝著濃稠泛光的麥芽糖，是紫米熬成的水飴；旅館料理的描金碗一打開，新鮮牡蠣像一顆顆綠色寶石鑲在雪白豆腐裡，極盡奢華感與幸福感。入席前，和服女侍還要先斂眉低眼，跪坐一旁，文謅謅送上親筆書寫的和紙雪箋，上書俳句古歌──「雲月，山風吹動夜間的紅葉」，然後才開始十數道菜的精緻盛宴。吃湯豆腐需著素淨衣褲，禁用香水；美麗的「和紙」是和服中隨身攜帶的精美紙箋，用來抄寫詩句，置放點心，又稱懷紙、宣紙，有著銀色絲紋和樹皮纖維的觸感。這會不會太累人了啊！（套一句張愛玲的話：「這樣有計畫的陰謀我害怕」。）要我說，我還是鍾情舒國治筆下的山野民宿，深夜返來，只有一隻主人養的貓在玄關看著你脫鞋那種。

然而一篇篇讀下去後，看法竟然逐漸有了不同，同為異國旅人，舒國

治如導演勘景，冷靜旁觀，曾郁雯則豔妝釵環，入戲深矣。如果說舒國治美在個性，曾郁雯則是美在靈性。《京都之心》擺脫了歷史與知識的沉重包袱，行遊於一座猶如唐朝古裝片的古城，於心靈與感官，都是一場美不勝收的盛宴。在這一卷日本平安王朝的長恨歌裡，女主角們一個個叫做空蟬、夕霧、夕顏、紫之上或朧月夜，簡直比瓊瑤筆下還夢幻；而那些寺院鐘樓，巷弄長廊，青石苔階，都像是背後有一個古老淒美的故事一樣。從「月渡嵐山」、「落英繽紛」、「櫻之夕顏」、「夏日已遠」、「天光倒影」這些篇目，即可略窺本書的優雅情調。而把《京都之心》當作食經的老饕，〈晴鴨樓前秋無聲〉裡那連續十數道，精緻非凡品的旅館懷石美饌，無疑最稱經典。

虧得學歷史出身的曾郁雯不打算掉書袋，讀者因之不必去管豐臣秀吉、幕府軍隊、源平大戰，或德川家康的興亡滄桑，用川端康成、梁容若或林文月、舒國治、壽岳章子筆下一鱗半爪的認知儘夠了。《京都之心》整本書，事實上是像清水燒那樣講究「究極之美」的逸品，詩文布局，精工鑲嵌，和京都這個城市一樣充滿了不惜工本的堅持。真正住在京都的老住民，是在巷閭曲折如鰻魚的家中，透過質地良好的木頭窗框往外看，並竊竊私語著外界，而黑瓦白牆青苔，卻成了外來客引發想像與靈感的全部。

《京都之心》裡，曾郁雯的文字有一種平和遠意，取鏡則是極簡禪風，頗為不俗。把二〇〇八年正值「《源氏物語》千年祭」的古城京都當作人生布景時，那些食器、桌腳與牆影，襯托的就是人的優雅閒情，一種在原本匆忙步調的現實生活中逃逸的必要，緩慢的必要，以及專務細節的必要。你看她這樣描寫荒野山村百年木造老屋裡午後光線的遊移：「陽光好像跳著圓舞曲，不斷從四面八方聚集，從咖啡杯流連到糖罐，移轉到酒杯時就順著圓弧杯口迴旋出金色波光，桌上

玻璃杯內插著白色小雛菊，是我少女時代最愛的花朵⋯⋯」這光影、顏色、香氣的躍動，連結上生命與時光的流轉，正像唐諾序壽岳章子《千年繁華——京都的街巷人生》所說，美麗的，同時也最脆弱，不易留存，如同我們曾有的青春幸福日子。曾郁雯這種無事寫得一段的淡遠，一分品味優雅，加三分人間煙火氣，把整個古典味的京都，加上了珠寶設計的現代感，竟宜古宜今起來。

臺大歷史系出身的曾郁雯，一九九八年出版過散文集《鯨魚在唱歌》，這本城市心情筆記雖然沒有引起文壇太大的注意，然而十年來她做珠寶設計、寫劇本、主持電視及電台節目，成績斐然，成了一位多方位的藝術創作者，一九九九年更以「幸福進行曲」榮獲金馬獎最佳電影歌曲。近日她與作家林文義新婚消息一傳開，大家才猛地醒悟林文義散文集《幸福在他方》，原來典出於此！川端康成筆下的京都，是虛無頹廢，淒美妖妄，在曾郁雯筆下，卻是春日晴暖，風吹花開，讓人燃起幸福人生的想望。

誠如書中所說，「正逢花開一瞬，至福的喜悅便鋪天蓋地的湧現」。臺灣有沒有一座南禪寺，能守在哲學之道盡頭，讓全世界的旅人，在不同的季節紛紛到來呢？《京都之心》於作者而言，猶如心靈後花園，一個休憩空間，可尋找心靈悸動的一方淨土。對讀者而言，在國境之南，想像雪鄉之春，京都這布景未拆的古裝劇，悠悠沉睡千年，讓人也想遁到其中，作一個不醒的白日夢。從曾郁雯書中一覺醒轉，回到紅塵俗世，竟發覺瓦片上陽光白花花，爐上蒸黍猶未熟哩！

二〇〇八年十一月八日

（張瑞芬，逢甲大學中文系專任教授）

純粹之粹

西元七九四年，日本延曆十三年，桓武天皇遷都「平安京」，不管當
初是為了避禍或懺悔或逃避，這個仿造中國唐朝長安而建的古都，度

京都御所

過平安時代四百年榮景，一直到西元一八六八年，明治天皇遷都東京為止，京都看盡了千年風華。

四百多處神社、一千六百間佛寺，日本的國寶及重要文化財五分之一都集中在京都，其中十七個還名列世界遺產。洛中是新與舊的二重奏，最前衛的京都車站傍著東本願寺；下鴨神社、西陣織會館、御苑、二条城、東寺，由北到南可先一一漫遊，時間充裕或隔幾日可走訪梅小路蒸氣機關車館、涉成園、三十三間堂和北野天滿宮，洛中從古至今都是繁榮的市中心，也是購物天堂。

洛東為觀光勝地，第一次到京都的旅人幾乎都會選擇東山這個區塊，從最北的銀閣寺、知恩院、八坂神社，祇園，接到高台寺、清水寺，更是歷久不衰的黃金路線。

洛西以竹林、古剎聞名，若嫌金閣寺太輝煌，薄雪輕覆的初冬時節最佳，再加上龍安寺及仁和寺，也夠玩上一整天；如果搭小火車到嵐山、嵯峨野，大覺寺、天龍寺都值得一遊。假設要去更北的高山寺和神護寺，建議一大早就出發，甚至夜宿山中一晚，時間才夠充裕；從嵐山往南的另一個景點是西芳寺，又稱「苔寺」，可想像其「苔」之美，但至少要在一個月前預約，困難度雖高，依然值得細心規劃。

洛北則以「大原」的自然景觀勝出，寂光院、三千院、詩仙堂、曼殊院、光悅寺、源光庵，光看名字就美得不得了。這裡還有一座「修學院離宮」，也須事先申請，是洛北首屈一指的築山迴廊式庭園，大而美；洛北另一條旅遊路線是走叡山鞍馬線到最北的貴船神社、鞍馬寺，前者每年七月七日都舉行盛大水祭，夏天的川床料理不輸鴨川，鞍馬寺則在十月舉行「火祭」，從夏天一路熱鬧到秋天。

洛南的氣氛就完全不同，東福寺是賞楓第一名所，伏見稻荷大社朱紅的千本鳥居因「藝伎回憶錄」這部電影更紅；醍醐寺位在較偏遠的東南方，其實是日本人鍾愛的賞櫻名所，七百株櫻花同時盛開，何等壯觀的畫面。若搭 JR 奈良線往南可達宇治，這裡是茶與源氏物語的故鄉，平等院更是貴族文化完美的極致。

約略走完京都這五大區塊，我前後大概走了將近十年，從一九九八年開始幾乎都在國外過年，其中除了某一年在義大利吃年夜飯之外，都在日本的北海道、東京各地送舊迎新。真正密集跑京都是最近四、五年的事情，追櫻賞楓是藉口，逃離台北才是理由。

台北是個讓人又愛又恨的城市，一○一的樓高很快就被超越，我們卻永遠失去美麗的天際線。台灣有沒有一座南禪寺守候在哲學之道的盡頭？只要很安靜很安靜地守候在那裡，就能讓全世界的旅人，在不同季節紛紛到來，一來到這裡心就舒緩，人也跟著清爽。

茂呂美耶在她的《江戶日本》提到能獲得「吉原遊廊」的「遊女」青睞者，有三種條件，氣魄、粹與金錢，「粹」指的是「通達人情、熟諳世務、思想開明、風流儒雅」。江戶時代有兩位名留「青史」的富商巨賈「紀文」與「奈良茂」，兩人都是大木材商，同為幕府御用，所以很愛彼此較勁。有一天奈良茂派人送了江戶時代最受歡迎的蕎麥麵（而且一次都要吃兩盤）給吉原的太夫（最高級的花魁），紀文不以為然，嘲笑奈良茂小氣，竟然只送兩盤，就命人搜集全吉原的蕎麥麵送給所有的遊女，不料竟然一盤難求，原來奈良茂早一步就派人一家一家打點，所有的麵店都拿到當天的營業額，全部休業打烊，所以太夫吃到那兩盤蕎麥麵真的是有錢也買不到，當然珍貴。這一回算是奈良茂贏，但奈良茂的玩法，茂呂美耶認為只是「獨樂樂」，紀文卻

是「大家樂」，就算他是個善與官方勾結的奸商，江戶人還是喜歡他「粹」的玩法。據〈隅田川乘涼記〉所載，某個夏夜江戶人聽說紀文在隅田川乘涼，紛紛跑去湊熱鬧，看看紀文又有什麼新花樣。就在眾人議論紛紛，快要不耐煩的時候，上游漂來三三兩兩的朱漆酒杯，酒杯愈來愈多，最後佈滿整個河面，眾人皆搶著撈，紀文就坐在河畔樹下，邊喝酒邊欣賞大家搶酒喝的快樂模樣！

讀到這段文字，就明白京都如何將這個「粹」字發揚光大，洗練不世故，幽默不失風度，最難的就是留給彼此適當的空間，據說鴨川畔的戀人，每一對之間都隔著最適當的「等距」，姑且不論日本人（尤其是京都人）是不是太吹毛求疵，他們的美感就是靠距離營造出來的具體成果，台灣的鮮活潑辣、蠻橫衝撞，若能與過度完美、幾近自虐的日本中和一下，豈不妙哉？

京都是我的夢幻之地，傾心之城，鮮明的四季變化，像無形的絲線，

清水寺的繪馬

緊緊牽動京都的一顰一笑，讓五感復活，身心安頓，我樂於扮演一個時時出現的旅人，將所見所感透過鏡頭與筆墨一一記錄。歲月流逝，濾淨所有的雜質，就會發現堅持的可貴，純粹之粹，鑄成那顆令人傾往的京都之心。

感謝舒國治為《京都之心》獻出他生平第一篇序，二○○八初秋和舒哥一起去上海、蘇杭旅行，真正體會到做為一個旅人，舒哥的風格已經打破世俗的界線，可粗可細，可快可緩，可文可武，但求「盡興」而已。

瑞芬這幾年潛心專研台灣女作家的散文書寫，凡是發表過的文章，她都耳熟能詳。非常感謝她寫了一篇這麼活潑生動的序，以免大家忘了她除了是個學者之外，也是個很好的文字創作者，能夠得到她的序，對我而言也是文學創作過程中，非常重要的指標。

最後當然要感謝聯文所有的朋友，沒有你們，就沒有這本這麼美麗的作品。

二○○八年　臺北

寂光院的七色秋葉

山宿秋紅。

上了計程車，把吉田山莊地址遞給司機，白髮老先生就像京都其他運將一樣，沒有找不到的旅館。夜色初攏，疲憊不堪的我放心讓他載往人車越來越稀少的吉田山南麓，只知道車子熟門熟路地穿梭，上山的路越來越窄，天色越來越暗，終於看到吉田山莊氣派的檜木大門。車輪輾過碎石子路，順著植滿杜鵑與松柏的圓弧坡道，透出薄光的二階唐門建築，像艘船，靜靜泊在秋夜中。

嬌小年輕的仲居知古小姐聞聲前來招呼，齊肩短髮，乾淨俐落，一口發音標準的英語，令人驚豔，問分明才知她是第二代女將，吉田山莊當家女將中村京古女士的女兒，曾留學紐約，修習企管，所以英文非常流利。

她為我備妥點心，一轉身就不見。這間位於入口玄關左側的沙龍，大有名氣，是建築名匠「西岡常一」的作品。吉田山莊最引以為傲的就是這裡的房子全是檜木建築，建築師西岡常一對傳統的木作極有研究，曾參與法隆寺、法輪寺、藥師寺的解體及重建，被尊為「最後宮大工」，日本最後一位偉大的社寺工匠。沙龍雖小，除了師出名門，也因中村京古女士嫁來京都前，是個音樂家，所以小房間裡放了一架鋼琴，上面還有琴譜；又因她熱愛藝術，立在牆角的第凡內藝術玻璃燈、放在小矮櫃裡一百五十年前的義大利繪本、水晶吊燈，都是骨董真跡，據說山莊房間裡的花，也都是女將自己培育，處處都是吉田山莊引以為傲的藝術氣息。

京都吉田山莊大門

迎賓的小點心是一杯玉露茶，淡綠茶色，襯在印有代表吉田山莊「裡菊紋」的白透瓷杯內，小茶杯的托盤是香檳綠的瓷葉，與杯上的菊瓣相互輝映，細緻優雅。點心裝在紅色圓球漆器內，打開半個球蓋，裡面裝著濃稠泛光的麥芽糖，甜而不膩，入口即化，頓時清除旅人的疲憊。知古把行李打點完畢，進來請示晚餐時間，才說那極美味的小點心是紫米熬成的水飴，雖然甜，吃了不會胖呢！更幸運的是，今晚沒有別的客人，只有一對老外住在旁邊獨立的「離」，浴室等於歸我專用，心中暗自竊喜。

知古領著去看房間，紙門一推開，就是整片的庭院，坐在外廊簷下可以春賞櫻花，夏看杜鵑，秋狩紅葉，冬觀落雪；修剪得宜的花木，疏落有致，毫無匠意。吉田山莊佔地千坪，位於京都左京區吉田山中腹，昭和七年（西元一九三二年），昭和天皇的義弟東伏見慈洽在這裡建「東伏見宮家別館」；昭和二十三年（西元一九四八年）變成東伏見氏的青蓮院，由門主經營成料理旅館。這裡的屋瓦「裡菊之紋」是身分的象徵，從當時到現在不曾改變，已經成為歷史遺跡，這朵菊花也是吉田山莊的圖騰。還有另外一個圖案也非常迷人，和裡菊之紋不

相上下，就是距今一千七百多年前，西元三世紀，日本古墳時代，採自銅鏡背面的古紋，可以在吉田山莊的彩繪玻璃上看到，兼具和的風情與洋的纖細，千百年來就這樣靜靜地陪伴旅人，細數日月星辰，共度風霜雨露。

山莊總共只有十一個房間，每個房間皆維持初建原貌，都面向庭園，遠可眺望東山，夏日將盡，很多人來這裡看「大文字五山送火祭」；近可細觀四季移變、多彩的庭園，櫻花盛開時，來這裡用餐還有音樂演奏會。每個季節、每個角落都有不同的美，一一如序，這也是我深愛京都之故，不同的季節前往，總有不同的覺受。人，可以隨著不同的溫度、氣息，真實存活，山景、樹景、風景從不辜負旅人，桌上的旬食總和周遭的情景相互呼應，連喝茶、走路、睡覺都別有滋味。

晚餐準時開始，除了浴室、廁所和臥室分開之外，用餐的房間也每次不一樣。二樓的「花の間」、「福の間」、「壽の間」，可遠眺京都市景，真如堂的三重塔在明月薄雲掩映下，更加肅穆清麗。一樓則有「月の間」、「竹の間」。一入席，桌上放著女將親筆寫的平安古歌或應景俳

1.吉田山莊二樓咖啡廳「真古館」　2.女將中村京古手寫之平安古歌

句，筆墨流暢；大意約是「雲月、山風吹動夜間的紅葉」（源信明）；另一張寫著「白露時分，秋天的林葉，染紅了山色」（藤原敏行），京情緒令旅人未飲先醉。

知古再度出現，換上淡紫銀灰和服，殷勤地跪在榻榻米上打招呼，今晚的懷石料理，先付前菜是鮭魚卵、胡麻豆腐。應景的紅柿小皿好可愛，打開蒂子做成的碗蓋，裡面依偎著也是當令的小松茸，完全合乎京懷石的料理精神。知古不知道是不是躲在外面偷看，每道菜吃得差不多時，她就出聲表示要進來了！當她伸手準備要上第三道湯品時，忍不住微微打顫，並用極感激的眼神看著我說：「妳移了位置？」

她那雙薄薄含著淚水的眼睛，也令我非常感動！從紐約回京都接掌家業，想必母親對她十分嚴格，知古身材嬌小，從廚房走到餐室，來回不算短的路，已經讓她氣喘噓噓，我可以明顯察覺她壓抑喘息，仍要優雅迅速地為客人布菜，但她需要辛苦地伸長手，才能順利將精緻卻繁瑣的餐具放在客人面前。我趁她上第三道菜之前，悄悄將位子往左移，靠近門口一些，只是個小動作，卻方便知古很多，何樂不為？旅行中，人也是風景之一，秋月明，夜未央，我們可以輕鬆一點、愉快一點地共度。

湯極好，前一晚，同樣以料理旅館聞名的「晴鴨樓」，牡蠣像一顆顆綠色寶石鑲在雪白豆腐裡，吉田的牡蠣則打成綠泥，上層是淡黃色的豆腐，下層是牡蠣，各有擅場。素面的湯碗掀開來，裡面是描金的扇貝、牡蠣、海帶和如雲的水波紋，襯著碧綠湯汁，飄著水芹菜、楓葉紅蘿蔔，叫人不忍動箸。

接著上來的向付（生魚片）有鯛魚及鮪魚肚，前者清甜爽口，後者緊

實幾可彈牙;第五道蒸物將松茸、白菜、菊蕪放在雕成立體的大根白蘿蔔上,好似一件雕塑藝術品;細細品嚐秋之味「松茸」後,烤鯖魚拌著山藥泥,絕對適合溫度剛剛好的清酒;第七道「強肴」,通常是代表這家旅館的特色菜,今晚吃的是吉田山莊最著名的特製鴨肉鍋。保持溫度的小陶鍋裡,雪白的大蔥、白菜、金針菇和牛蒡絲圍繞色如薔薇的鴨肉,肌理分明,看起來有點厚,入口卻Q彈有勁,香甜的滋味,令人萌生歡愉至福之感。

強肴之後日本人還會上一道「焚合」,才是他們的主菜,極奢侈地,知古奉上秋天最肥美的松葉蟹,我感動得快掉下眼淚,雖然一泊二食要價三萬五千日圓,心也痛得快掉下眼淚!隨後的松茸飯、味噌湯,也無比講究;飯是用吉田特賣的十八穀米,有機栽培,無農藥,還得過特別賞。味噌湯裡也有小松茸,用來配飯的漬物壓成一小座銀閣寺的望月臺。吉田山莊的料理就像他們的建築、庭院、擺設,大器瀟灑,沒有誇張矯飾,不愧是京都這個千年文化,熟成之都孕育出的官家別館。京都塔在遠方矗立,旅人懷鄉,山宿一宿,秋紅為伴。

晨光中醒來,乍雨還晴,散步至真如堂,古寺、楓紅、三重塔甚美,旅人如織,相機腳架四處盤踞,有人在院落燃燒落葉,白煙裊裊,如幻似夢,禪意十足。

逛完真如堂,又走回新建在吉田山莊唐門主建築右側的 Tea room「真古館」,這兩天一有空就窩在這裡喝咖啡、寫文章。行李已經整理完畢,計程車即將到來,靜靜聽著 John Dowland 的 CD,虔誠如聖樂的歌聲,終日縈繞在這座優美典雅的木造建築內。一樓可以買到吉田山莊的土產、紀念品,窗外可以看到吉田山麓的民家景致,這間茶屋也別有來頭,據入江敦彥這位老京都隨筆家(散文家),在他的書中「祕

密的京都」形容，這間茶屋是「那些東京有錢的山手線年輕太太，會喜歡的童話風裝飾品」！

我就坐在這間恍若置身歐洲的茶屋二樓，將這兩天的心情一一書寫、記錄，前夜女將中村夫人親自來宴席間致意，互換名片，送給她一本我自己二〇〇七年珠寶年度個展的筆記本，她仔仔細細欣賞裡面的珠寶作品，因搭配的攝影、很多是這幾年我在京都拍的畫面，她好開心，一直說「綺麗！綺麗！」我跟她說連續幾年都追不到櫻花前線，大殘念呢！她寫了一個時間和地點給我，建議二〇〇八年四月一定要再來京都，去那個她心目中最美、最值得一遊的賞櫻名所，而且希望我把吉田山莊當作自己的家，一定還要再來！看著她那雙期待熱切的眼睛，忍不住點頭答應，只是不好意思問她房錢是不是照算？

雨仍下著，計程車準時抵達，知古依然穿著那件紫色和服，短短的手一邊撐傘，另一邊提禮物，迎面從雨中匆匆走來，並催促玄關內的母親快點出來送客，她們回送印著裡菊之紋的毛巾及銅鏡古紋彩繪筷枕，母女倆都說期待明春櫻花盛開時再見！並肩站在門前揮手相送，彎腰鞠躬，一直到看不見彼此，哎！晴鴨樓的「十八相送」再度上演，京女真是溫柔多情，魅力無法擋！坐在計程車上的我竟又忍不住鼻酸，淚眼迷濛……。

明年櫻花盛開時再見哦！我們一起這樣殷殷期盼……至於那個中村夫人親筆寫給我的賞櫻名所，保密！

原載《中國時報‧人間副刊》，二〇〇八年四月二十一日

真如堂三重塔

食樂地圖。

從小阿公就說我命帶「食祿」，八字有一柱「食神」天干通地支，難怪會這麼愛吃愛玩。有些東西是半天生，半學習，有時候還需要點運氣，最重要的是能不能體會箇中奧妙，並感恩珍惜至福的瞬間！否則好事不會一再光臨，福分也有用罄甚至透支的一天。我的食樂地圖是一張興之所至，絕不強求的心情散策，扣除旅遊書介紹的大目標，走的是風味獨具的私房路線。以鴨川一分為二，先從地圖右邊的「祇園」開始吧。

祇園

祇園這一區當然是全世界旅人目光聚焦的首選，再加上大家對藝妓的種種想像，祇園永遠散發神祕的色彩，隱藏其中許多高級料亭都拒絕生客「一見客」，就算有空位也不給進。觀光客只能到茶寮「都路里」，吃吃又香又濃的抹茶冰淇淋，比賽誰算得出來大聖代到底放了幾種料？或嚐嚐「祇園小石」的「家傳京飴」，體驗一下為何祇園的舞伎特別喜歡他們家用黑糖做的「舞伎糖」，也可以點杯淋上黑糖蜜的黑糖或抹茶戚風聖代，總之，有「黑糖」就對了。「鍵善良房」傳了兩百多年的「葛切」更不能錯過，別不好意思，「續碗」的人很多。

如果想重溫台北老西餐廳「波麗路」簡單高雅的口味，位在北方的丸太町「東洋亭」值得一試。這家建於一九一七年的「歐風料理」，裝潢有點過時，生意也不夠好，卻充滿小時候台北西門町的味道，豬排魚肉煎得乾乾淨淨、清清爽爽，連

石塀小路咖啡館

配菜的紅白蘿蔔、四季豆、馬鈴薯、檸檬片和咖啡都似曾相識，親切得不得了。

石塀小路

從八坂神社往南就是石塀小路，因為舒國治的一本書，剛剛打烊的石塀小路咖啡館「仁慈」地收留又累又渴的我們！其實也是因為這家店真的有點難找，從寧寧之道開始就一路找，而且她們已經把活動的招牌收進去，找得到已經偷笑了。準備打烊的老闆娘問我們從哪來「香港、中國或台灣？」趕緊掏出國治的書當通行證，老闆娘笑笑的說「只能喝咖啡，不能吃點心喔！」那是第一次石塀小路的狼狽咖啡。

第二次就熟門熟路，還點了京都名物「雪溪」，一小片包在和紙裡，咬起來香香脆脆，硬硬的口感很像台灣的鬍鬚糖加 Biscotti 肉桂杏仁棒（義大利人喜歡沾咖啡吃的一種餅乾）。那天因為肚子餓，還點了三明治套餐，我最喜歡這種日式、洋風、早餐兼下午茶的混搭傑作，除了烤得香酥的厚片土司、滑嫩得可以讓醬油在上面溜滑梯的太陽蛋

1.石塀小路咖啡館的咖啡和京菓子「雪溪」　2.等著上班的客人

之外，還有清爽的沙拉和剝好皮、切成小塊的香蕉，色香味營養俱全，根本就是媽媽味道的愛心餐，在台北只有天母高島屋的「英國茶館」有這種感覺。喝著純醇的咖啡，欣賞窗外的塀庭，塀庭雖小也有四季變化，隱隱約約瞥見籬外小路過往的旅人身影，有時還會聽到熟悉的鄉音。

石塀小路和垂直的寧寧之道，曲折的巷弄裡隱藏許多高級料理旅館，最能代表高台寺優雅古典風格，其中以高台寺對面的「玉半」最有名，印著葫蘆的藍染暖簾是他們的標誌。這裡也是許多日本作家的最愛，他們喜歡住進來寫作，料理好吃，又有石造庭園、木造風呂，「愛染亭」最受歡迎，已經成為象徵性的房間。我常常幻想哪天台灣除了明星咖啡屋之外，也有這種可以小住幾天的文人旅館，最好免費招待或打折優待，呵、呵、呵，做做白日夢總可以吧！

如果預算有限，石塀小路還有一家「小豆」就比較平易近人，簡單不失優雅，八十多種旬食和小菜很適合喜歡新鮮感的年輕族群，浪漫卻不牽強造作的氣息，推薦給想要度蜜月或周年紀念的愛侶。

走到石塀小路盡頭往八坂神社方向，有一家親子丼（御飯），是京都

1.「蒼」著名的九宮格前菜　2.「串」的黑芝麻豆腐

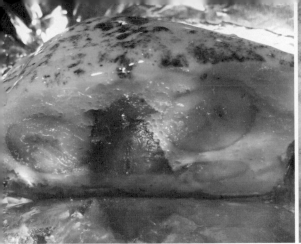

舞伎的最愛，可見這附近因高級料亭的關係，常有舞伎進出。有一次在咖啡廳的另一桌，就坐了一對和服男女，應是熟客，兩人吞雲吐霧交頭接耳，等著應卯上班，也是咖啡廳一景。

下次要去試試轉角另一家一念坂「真吞奈」，雖然小小一間，每次經過都擠滿人，已經引起我這個好奇寶寶的注意。

河原町

回到鴨川右邊，京都人所謂的河原町，指的就是從河原町御池交叉口「京都市役所」開始算起，和鴨川平行，一路往下直到四条河原町「高島屋」百貨公司，這條長約八百公尺的繁華街道才是京都的市中心。在這片棋盤狀的巷弄裡隱藏著許多百年町家建築，這裡有兩家完全不同風情的町家料理，登錄在我的食樂地圖上。

町家的歷史可遠推至日本明治時代（西元一八六八年起），跨越大正、昭和年間，多半都是商舖，從前是依店面的大小當做課稅的標準，就發展出這種戲稱為「鰻魚的寢床」，又窄又深又長的長方形房子，難怪要有呼吸用的天井與塀庭。在日本人眼中修復町家是一種進化的建築觀念，不論本國人或外國人都特別喜歡這種「異空間」，甚至到了

1. Second House 最常被報導的草莓慕斯　2. 京都車站的櫻花丸子便當

著迷的地步，景觀、光影、擺設特別有味道，所以食物變得更好吃！日本這幾年成立「町家保存會」，引起一股像「里山」運動的熱潮，有志之士來個大串連，媒體也不吝報導，還有各種專門介紹吃喝玩樂或住宿的町家雜誌。

町家建築有幾樣特徵，門口有一排從前用來栓牛或馬的木頭格子叫「駒寄」；有的還有活動的「床机」，放下來馬上變成展示貨物的棚架；玄關會依季節掛著印上店徽家紋的「暖簾」；大正時期流行西洋「瓦斯燈」，有些店家就把店名印在燈上，也是一種店招；屋外的「犬矢來」真正的作用是犬矢不要來，彎曲的圓弧竹籬，不但可以防範狗狗的屎尿，還可以避免雨水及雪漬弄髒外牆，實在很聰明；我喜歡町家細細的木格子窗，據說光看窗子就可以分辨店家的營業性質，更厲害的是這種窗子從外面看不見裡面，只有主人能看到客人，大概可以用來應付「奧客」或躲避債主；看到這裡別急著進入屋內，記得最後要抬頭欣賞一下二樓的「蟲籠窗」，為了通風，二樓木窗的比例和間隔都放大，看起來像裝蟲的籠子，通常都漆成防火的白色，至於為何白色能防火就有待研究了。

進入後走「通庭」，就是屋內的走廊，過去客人只能到店庭，不能隨便往後走「走庭」進入私人空間，看來一百多年前他們就懂得如何安排「住辦合一」的動線，只有重要的客人才被允許進入內室客廳「座敷」，坐在座敷可以欣賞四季花木的「坪庭」，主人平時在這裡拈花惹草，忙完了就近在石製的「蹲踞」洗洗手，有夠方便；晚上「石燈籠」亮起昏黃的燈光，伴君入夢。

「串」的石燈籠經過一百多年依然靜靜守候在小小的坪庭裡，四周卻擠滿喧譁的食客，鬱卒的上班族最喜歡下班後結伴來這裡喝兩杯。雞

肉是來自岩手縣的「南部雞」和滋賀縣的「近江雞」、炭則採用著名的「備長炭」一千度高溫燒烤，穩操勝算。胃口小的可以點六串套餐，豪華版不妨試試火鍋套餐。

前菜就很精采，煮紅蘿蔔、生菜沾花生混合芝麻的味噌醬吃，先安撫一下飢腸轆轆的神經。再來就是主菜串燒，照燒豬肉泥可以吃到捲在裡面切成細絲的紫蘇葉芳香；厚片的雞肉則用梅子醬帶出甜味；炸雞翅和烤雞胗又香又脆，忍不住再叫一杯生啤酒；明蝦新鮮得沒話說，海產挑戰山產；麻糬也可以烤，塗上黑芝麻和白芝麻兩種醬料，香氣撲鼻；吃到這裡原以為已近尾聲，店家繼續送上柴魚片涼拌秋葵、以及用昆布高湯熬煮的春筍、蒟蒻、百頁季節料理，熱騰騰盛在大紅色高碗裡，雖是京野菜卻華麗無比。

如果點的是火鍋，現在就會看到一只小泥炭火鍋，湯裡浮著雞肉丸子和豆皮，我已經飽到不行，只好望鍋興歎！沒想到竟然又端上一碗致命的「地雞松茸釜飯」！只有秋天才供應的旬食喔！決定站起來將整個町家走一遍，再繼續努力。那鍋釜飯果然不負眾望，米飯粒粒晶瑩，炊得Q彈有勁，雞汁和松茸的香味完全滲入，配上道地的京漬物，突然想到池波正太郎一家人吃完鹹淡適中、美味到令人彈舌的鹽烤甘鯛魚後，他的母親笑瞇瞇的說：「啊，我已經死而無憾了」，大概就是這種境界吧！

最後還有抹茶冰淇淋、紅豆湯圓，握著手中的熱茶，我誓言下次還要再來。

比起「串」的豪邁瀟灑，「蒼」則優雅細緻。國內幾位京都達人在他們的書中介紹過「蒼」，我在日本專門介紹町家料理的書中也常看到

這個名字，我對「蒼」這個字充滿著好奇，日本人有時候用漢字比我
們還厲害，這個民族充滿著近乎「自虐」的美感，有些我們不敢用，
帶點「淒涼」的字，到了這個國家，就變成「淒美」。

二○○八春終於找到「蒼」，雨中來、雨中去，是我看完一整個禮拜
的櫻花後，美麗的句點。一進到店內就看到坪庭，洋風的擺設和町家
的味道毫不衝突，服務生知道我們從台灣來，很興奮的說裡面已經有
一組台灣客人，問我們是不是認識的朋友，順著往內走，不可思議的
竟然還有另一個更美的坪庭，更棒的是面對坪庭的那個位子，竟空在
那裡等我們，一坐定，隔壁的同鄉就問了：「你們也是台灣來的哦？
怎麼訂得到這麼好的位子？」（真正的意思是：我們也預約了啊？）

能夠坐到座敷的最佳位子要感謝吉田山莊的第二代女將知古小姐，我
在日本旅行有個小撇步，就是充分利用旅館的櫃檯，尤其碰到英文比
較流利的服務生，就卯起來請他代訂行程中的餐廳及有關預約的事
情，他們再用日文去溝通，通常就和預期的結果八九不離十，再加上
「蒼」的訂位，是由「鼎鼎大名」的吉田山莊女將親自打電話，當然
要得到最好的位子，所以預先安排才是最好的方法。

雨中的京都分外的美，「蒼」這一家義大利餐廳，古典而優雅，我猜
應該有個女性的主人，處處都可以看到他們的細緻及貼心，一前一後
兩個塀庭各有一株櫻花盛開，簡單的商業午餐也做得美味又迷人，這
次來不及試他們的釜飯，據說人氣第一名。院中一朵一朵盛開的粉嫩

1.美麗的「蒼」 2.雨中的「楊貴妃」

櫻花，是難得一見的「楊貴妃」品種，碩大飽滿，雨中帶淚，充滿思古幽情，心裡輕聲謝謝遠在吉田山邊的知古，回台灣後，我們真的和鄰桌的同鄉變成朋友。

位在「串」與「蒼」右邊的麩屋町通上，有三家最著名的旅館老舖，像串珠子掛在一起，包括麩屋町御池的「柊家」、「俵屋」，和麩屋町三条的「炭屋」，是一輩子至少得體驗一次的「京經驗」。

錦小路通

「蔦家」是我在錦小路附近，東洞院六角通意外發現的咖啡廳，每

次都用賭賭看的心情跑去這對夫妻檔經營的小店，數度「殘念」，常常看到「本日營業終了」幾個字，卻還是忍不住每次報到。他們從世界各地蒐集來的咖啡杯掛滿一屋子，件件都是精品，大方的讓客人使用，我每次都期待不同的杯子。如此大方的老闆，用對待家人的心態對待客人，難怪連我這種外國人也這麼「死忠」。老闆燒咖啡時表情非常嚴肅，工作做完才有心情和客人聊天，他笑起來的樣子很可愛，有一年剪了短短的頭髮，我差點錯認，誤以為第二代的兒子來接棒呢！

此地最重要的地標「錦市場」寬不到四公尺，這條美食小街是京都人的驕傲，號稱「京都人的廚房」，從新鮮的魚肉蔬菜、到半成品的熟食材料、便當、漬物、湯葉豆腐、糕餅，到陶鍋、餐具、菜刀等等，共有一百四十幾家商店，可以從早上九點逛到黃昏六點，擠在人群中看日本家庭主婦怎樣買菜，就知道當天餐桌上將出現哪些人氣菜色。

這裡有一家由吳服店（和服店）改裝的洋菓子「SECOND HOUSE」東

最好別看到這張告示牌-蔦家咖啡

洞院店，也是町家建築的知名點心舖。兩層樓的古老木造房子，復古罩燈，幽暗氛圍中特別突顯那些蛋糕的美麗，每份點心一出現，就像一道閃耀的流星。那天我的表哥特別從大阪前來京都相會，他是台灣的風濕科權威，執業二十年後棄醫從文，竟然跑去大阪近畿大學研究日本古典文學，聽說這個科系連日本學生都收不到，老教授很感動呢！蔦家早早休息，我們只好轉移陣地。表哥也是個老饕（東洋亭也是他介紹的），像日本人一樣非常認真地研究 Menu，最後成功點了人氣第一名的草莓香蕉蛋糕，薄薄的果凍下烤到微微焦黑的慕斯，細緻綿密，香氣沁人。酒釀梅栗子巧克力蛋糕也不能錯過，咖啡甚佳，二樓窗外是個小公園，心情再不好，坐在這裡喝杯咖啡吃完蛋糕，就快樂了。

還有一款草莓鮮奶油蛋糕，不知為何只能外賣，不能內用，因為當天的行程預定很晚才會回到旅館，只好放棄，下次得算好行程，才能一親芳澤。「SECOND HOUSE」和著名的「french o‧mo‧ya」法式料理共用一樓長長的走廊，「o‧mo‧ya」的前身是大正時期的南北貨商舖，將原來的倉庫改建成充滿古都情趣的餐廳，在這裡可以使用古窯「信樂」的傳統器皿和筷子吃法國菜，著名的「京野菜」料理令人

蔦家各式各樣的咖啡杯

驚豔，跳脫傳統框架，比較灑脫寫意，煎得金黃酥脆的甘鯛，和溫柔得入口即化的「京都府美山町鹿肉」，都好吃到令人歎息！

如果有個拉麵胃，附近的「一風堂」是很好的選擇，雖然位子不多，別被排隊的人群嚇到，速度還算快；一整天都營業，消夜也撐到很晚，救了我這隻夜貓子好幾次，連店長也認得這個吃很辣，不斷加辣涼拌豆芽的台灣客人，不知道這樣算不算為國爭光呀？

一風堂還有一道明太子拌飯，紅白相間，裹著大片的綠色海苔一起吃，豪邁爽口，記得點一杯生啤酒，搭配桌上無限供應的辣豆芽、紅薑絲，或者點份他們的餃子（煎餃），享受在地平民滋味，不亦樂乎。四条御幸町的「懷石・宿 近又」，建築本身已登記為國家有形文化財，懷石料理評價頗高，記得一定也要先預約。

烏丸通

繼續往南的烏丸通可是時尚精品店雲集，四条寺町的「藤井大丸」百貨地下美食街，呈現另一種現代版的家庭主婦風味。我喜歡擠在這些「煮婦」聚集的超市美食街喝下午茶，同樣的，只要多看幾眼就知道哪家專櫃的點心最夯。最精采的是她們聊啊聊，聊到該準備回家煮飯，會突然回魂，馬上做鳥獸散，各自飛奔到超市角落「忙碌不堪」的採購！現在你終於明白為何那些「半熟品」會這麼受歡迎了吧！回家加工幾下，就不會被發現整個下午打混的祕密。

笑她們愛「喝咖啡聊是非」，其實自己也好不到哪去。為什麼這麼愛喝咖啡呢？就算旅途中也不放過，累了想喝，看到特別的店起了好奇心更想喝；早在大學時代，室友有人愛茶，有人愛咖啡，寢室裡從早到晚都飄著各種香氣。台大女一舍過了十二點就熄燈，五、六個女生

點燭焚香、促膝夜談，不管已冷的茶或咖啡，依然快意瀟灑。喝咖啡的習慣一直持續至今，喝到好咖啡，就覺得靈魂獲得救贖，足以抵擋所有的挫敗疲憊，吸口氣，再繼續奮鬥下去。

第一次發現日本人也很愛咖啡，是在遙遠的伊豆海邊。那是一次孤獨旅行，助理訂錯旅館，到了才發現是一家非常偏僻的海濱小旅舍，勉強稱為「經理」的瘦高男子，愛穿灰褐色開襟毛衣。我習慣前一天晚上先到櫃台確定隔日行程，他總是沉默，幾乎不曾主動開口講話，但我第二天出門前他都會遞上一張字條，用簡單的英文將我的需求一項一項寫得清清楚楚。我猜他可能利用半夜值班的時間查字典，努力解答各種奇奇怪怪的問題。

有一天他建議我去海邊泡「完全」露天的溫泉，原本有些遲疑，跑到他介紹的「祕湯」一看，當地人用天然的大岩石將四周遮蔽得非常安全，就大膽享受豪放的自然溫泉，一大片海景近在眼前，溫熱的身子任海風吹拂的幸福，令人落淚。

泡完湯到旁邊的岩石上休息，已經有兩、三個人或坐或臥，泡到靈魂出竅、幾乎達到「醍醐」境界的我，卻聞到陣陣的咖啡香味，原來那幾個人不約而同都將自備的熱水瓶打開，倒出早就準備好的咖啡，坐在岩石上，看海吹風喝咖啡，濃郁的氣息隨著海潮一陣一陣吹來，令人陶醉。

離開那天沒見到寡言毛衣男，原來他是老闆的兒子，聽說去自家農舍撿雞蛋，等著做成旅人的早餐，直到現在我都沒機會跟他大聲說句「謝謝ㄋㄟ」。

京都車站

日本經濟泡沫化後，購物消費熱潮已退，有時整座百貨公司空空蕩蕩，只有專櫃小姐互相對望（起碼不像台灣敢結群聊天），唯一還有人氣的地方只剩車站、咖啡廳和美食街。礙於居所狹小，日本人都把咖啡廳當做外面的「客廳」，公私皆宜，所以到處都是咖啡廳；如果新來乍到弄不清哪家咖啡較好，看停在店前腳踏車的多寡就可以判斷，因為附近的居民最內行。

京都的門戶——JR 京都車站，出自東京大學名譽教授原廣司先生手中，共花費兩千五百億新台幣，是座高科技多功能的時髦建築，用玻璃帷幕與鋼架支撐，有得吃有得看又有得玩。自然採光的大廳隨時可以看到光影變化，從一樓到十一樓的手扶電梯像搭雲霄飛梯，接著一百七十一階的大階梯可連接伊勢丹百貨、劇場、餐廳，和最頂端的大空廣場是眺望京都的好地方。車站裡處處都像電影場景，有人來去匆匆有人依依不捨，觀光客與本地人難分軒輊，也許外國人加外地人比京都人還多。

由十一樓大廳進入的「京都拉麵小路」，匯聚了七家號稱全國人氣第一名的餐廳，涵蓋和、洋、中各國風味。現在流行的燒肉店最受歡迎，我喜歡他們家的高麗菜，爽脆多汁，直接沾店內特調的味噌醬，甘甜無比，運氣好還可以坐到靠窗的位子欣賞夜景。還有一家「串之

1 2 3 1.京都車站仙太郎的柿子麻糬. 2.仙太郎的紅豆麻糬 3.錦小路的花大根（紅色小蘿蔔）

坊」也開得比較晚，這家串之坊賣的不是燒烤而是炸的串燒，也是許多上班族和情侶的最愛。各種炸物都很有特色，銀杏、蓮藕、紫蘇蝦、椎茸等，炸得香香酥酥，怕膩就配一口長長的大蔥或西洋芹，讓味蕾稍微舒緩，才能區隔出不同的味道。

京都車站新開了一家「進進堂」，我每次搭車都會先拐去買咖啡和麵包。小小的空間完全充分利用，是日本人的專長，這家進進堂囚地點的關係，和充滿文學氣息的京都大學店呈現完全不同的緊張氣氛；如何順利應付趕時間的過客，又不破壞享受咖啡麵包的興致，很有學問。他們把比較怕壞的三明治、布丁、起士類放在冷藏櫃中，旁邊圍著各種麵包，客人可以邊看邊買邊排隊，動線安排得非常順暢。店內的三明治和人氣第一名的 cream 麵包，前者組合多變花樣百出，後者皮薄餡多香味四溢，遠遠的就把毫無抵抗能力的人潮吸了過去。外帶的咖啡杯經過特殊設計，立體凸狀的杯身可適當隔熱，調棒就插在咖啡杯的出口，一舉兩得，就算在車上也不必手忙腳亂，另外找地方放調棒，避免打翻杯子、燙傷身體或弄髒衣服的困窘，真是體貼入微。

那天去車站原是因為訂不到旅館，只好拎著亡命天涯小包包離開京都往滋賀縣奔去，有點麻煩與無奈，坐在車站裡喝著既香醇又安全的熱咖啡，心裡充滿感動。我喜歡日本人的用心與細膩，凡事為人著想，預先解決使用者的不便，避免造成困擾，無形中避免很多不必要的危

1.進進堂人氣第一名的奶油麵包　2.京都車站進進堂的外帶咖啡

險及浪費，是一種成熟的文明社會及旅遊文化。他們信奉服膺的大和魂、武士道，小至一個咖啡杯都拚了命去設想，因為這種精神，旅人才能幸福的旅行，JR 未進站，我已經把咖啡喝完，心情大好，管他搬幾次旅館，就當成旅行中的小旅行吧！

再華麗的盛宴也有曲終人散的時候，旅行結束前我習慣到京都車站買伴手禮回台灣，有些長輩當天黃昏就會吃到我送去的點心。有一次《漂亮家居》雜誌特別來家中採訪「櫻花宴」，運氣最好，又拍又吃，都是剛出爐的櫻花點心搭配櫻花露沾醬。京都車站地下一、二樓設有京都老舖土產、特產、美食專賣區，不妨先去伊勢丹超市準備物超所值的便當在往機場的 JR 上享用，尤其是當季的水果或點心可利用這段時間大快朵頤，錯過最後的機會就只好等明年。

買什麼伴手禮最恰當呢？因我私心認為東京的巧克力比較優，蛋糕還是神戶的好（就算手提，蛋糕也不耐一路顛簸）；甜死人不償命的京菓子，尤其是糖果類亦非吾人所愛；我每次都去伊勢丹地下室「仙太郎」買他們的「生和果子」，好吃又好看，特別是應景的限量品，若

不是因為生果子不耐放，有時候還真捨不得破壞這一顆顆凝聚季節、美食、趣味、歷史、風土與人情的藝術品。

秋天的時候我買了柿子狀的紅豆麻糬，蒂子用一小截竹枝偽裝而成。另一款紫米紅豆飯外層裹上片片白雪，雪片是用白米壓成，還會隨著空氣微微顫動。當今的栗子可磨成滑細的內餡藏在最裡面，也可以保持原狀大方的點綴在黑糖

老松既古典又現代的提袋

鬆糕上面。專櫃小姐小心俐落地將一盒盒禮物裝好，貼上註明名稱內容期限的貼紙，並備足同樣份數的提袋，一點都不馬虎。我每次站在人來人往的專櫃前等待取件時，心中都很感慨，旅行結束前難免離情依依，最令我不捨的是這種專注的、堅持的、尊敬的精神，是台灣一天一天、一片一片不斷剝落的美好價值，我總是待在那裡，假裝貪吃的出巡大人，一櫃逛過一櫃，掩飾心中的稀微……

二〇〇七秋陽燦爛的京都車站，旅人待返。

JR 鮮黃潔淨的布套，令人放心。

車窗外風景飛逝，旅行結束。

五彩繽紛的散壽司便當，秋天顏色。

柿子栗子紅豆大豆最中，缺一不可。

宇治茶穿上「源氏物語千年紀」的廣告，明年請早。

黑白紅的老松伴手禮，京都出發。

旅人的食樂地圖，幸福收藏。

原載《自由時報・副刊》，二〇〇八年十一月十一日

旅人心願。

自從出版圖文書《今天是幸福日》後，我的旅行難道只剩下相機裡的小小視窗？

追櫻、尋楓、探雪，追追追！人生一路，究竟在追什麼？

去年到京都，春寒料峭，花只開三分；今年決定再接再厲，矢志非拍到盛開的櫻花不可，又聽說今年花期提早，硬生生改班機，換旅館，在網路上與全世界即將湧入京都的尋櫻客搏命搶位子、搶房間，日夜廝殺，終於如願提早出發，連旅行社的朋友都佩服得五體投地。

就這樣和整架班機的臺灣同胞，懷抱著無比的期待飛抵大阪，機上還遇到一對友人夫婦，他們也聽說哲學之道櫻花已開，眾人雀躍之情溢於言表，相約櫻花樹下見。

午後春陽甚好，哲學之道近在眼前，花竟未開，賴在枝頭含苞待放，只比去年稍有長進，約略五分！心情盪入谷底，徒呼奈何，為何給我這麼漂亮的陽光，卻捨不得給我盛開的櫻花？

隔日在懊惱中醒來，決定到清水寺碰碰運氣，依然是五分滿，倒是仁王門前，臺階兩側幾株盛開的緋櫻，襯著豔朱色的「切妻」屋頂，相互輝映，終於讓旅人稍感寬慰，頻頻駐足留影為念。

那些未開的花，兀自等待她的春雨，她的和風，她的幸福。

哲學之道民宅的山茶花

入夜輾轉難眠，雖然黃昏時走了一趟寧寧之道，果如舒國治所言，小徑通幽，石牆甚美，還在石塀小路的「浜作」吃到整顆馬鈴薯烤成的派，不甜不膩，伴著小野麗莎的歌聲，坐在玻璃窗邊欣賞園中夜景，啜飲咖啡，心中還是浮起淡淡的憂傷，薄薄的悔恨，和不服輸的倔強。

不服輸的我每天去旅館布告欄探詢櫻花情報，終於等到那張代表「滿開」的櫻花標誌，二話不說，揹著相機馬上趕往「京都御所」，一路塞車，但見全京都的旅客、居民都向御所奔來。這個平日不開放的天皇住所，每年也只在櫻花和紅葉季節開放參觀。只見滿園櫻花盛開，或如瀑布奔瀉，或如彩蝶飛舞，或如佳人競豔，彷若一場盛宴，眾聲

哲學之道

喧譁，齊聚花下歡唱。遊客人挨人，肩併肩，要清場拍照是絕對不可能的事，只好各憑本事。興奮之餘還來不及感動，陽光消散，日暮西山。

一個旅人的心願是何等的虔誠，何等的卑微啊？但求一片晴空，一株盛開的花樹，僅此而已！而夜裡，竟然稀稀落落，下起綿綿春雨，就像旅人絕望的淚滴⋯⋯

想起往南禪寺途中，忽遇小雪，起初懷疑是雨，伸手輕觸，瞬間融化，好奇妙的春雪，悄然飄落，似櫻瓣漫天紛飛，我靜靜佇立，順正書院的湯豆腐在不遠處等待，就把這場春雪當作今年的櫻花雨吧！

返回旅館的公車上，疲憊地打盹，明年起不再這麼辛苦追櫻了，也許這就是人生的修練吧！我要重新當一個快樂的旅人。能這樣昏昏沉沉地睡去，才是一個旅人對這個城市最大的回報，因為可以像個回家的人，安適而放鬆。

旅人最大的心願，就是回家！

原載《聯合報・副刊》，二〇〇六年五月二十八日

清歡。

沒想到才隔三個月，盛夏時分又重返京都，這回當然不是為了追櫻賞楓，純粹當「孝女」，陪三個女兒過暑假。

雖然三面被東山、西山、北山層層環抱，夏天的京都因身陷盆地內部，仍十分燠熱。清水寺瀰漫祭典前的歡樂氣氛，大紅的風流傘遮不住夏陽，旅人揮動可愛的京扇子，沿著二年坂、三年坂如彩蝶飛舞，只能遙望遠山綠樹稍解暑氣。

行程上的晚餐是湯豆腐，母女四人十分期待，一行人趕在日暮前抵達知恩院，順著圓山公園前方小徑，擠進一家小小料亭，往蓆上一坐，眼前竟然出現冒著熱氣的相撲火鍋！

因為導遊認為湯豆腐既不能喝湯，只能吃到幾片淡而無味的豆腐，暑假又都是親子團，深怕客人抱怨菜色太差，所以改吃營養豐富、料多實在的相撲火鍋！

七月盛夏吃火鍋，內外交逼！冷氣面板上清晰可見三十九度的高溫，大家跪在榻榻米上進食，雙腳痠麻，揮汗如雨，活像一群熱鍋上的螞蟻，痛苦難耐！足見這位相撲導遊，未諳京都旅趣之味。

京都這個千年古都，什麼樣的盛景沒經歷過？為何以「湯豆腐」聞名？那是一種繁華落盡的淡泊、反璞歸真的清歡。

京都人自恃甚高，看似謙恭有禮，其實頗傲視外人。東京人形容京都人「語言清晰、意思不明」，就是說京都人保守自傲，難以親近。大抵因為數百年來這個古都歷經戰亂、天災、饑荒、瘟疫不斷，淬鍊出京都人特有的內斂氣質。

江戶時代的京都人「朝食，煮沸茶泡飯成粥，聞香；午食炊飯，菜一品；夕食依然煮沸茶泡飯成粥，聞香」；就連味噌湯也是一個月喝上兩、三回而已！難怪京都人也以小氣聞名。

我雖生性疏懶，旅行時有些事卻馬虎不得。像在京都吃湯豆腐，最好先預訂一個有庭園景色的料亭，回旅館沖個澡，換上素淨寬鬆的衣褲

1.清水寺的「奧丹」湯豆腐　2.朝日陶庵前的風鈴

赴會；記得千萬別噴香水，除非要去吃燒肉！只要準時抵達，靜心等候，喝杯茶讓味蕾恢復最初的純淨，再一一欣賞各種精緻的碗筷器皿，讓視覺也大大享受一番，然後從澄淨湯汁中溫柔盛起豆腐，細細體會豆腐滑入舌間喉頭，剎那間迸發的幸福。

第一次吃湯豆腐是在京都繪馬館對面的「豆水樓」，外觀不甚起眼，裡面卻十分典雅清幽，客人不多，幾乎都是成雙成對的戀人。侍者送來的湯豆腐盛在一只方形木盒中，一片墨綠色的昆布似錦鯉擺尾，游在雪白豆腐間，映著竹製燈籠點點光影，像寫在水上的詩。我點了一瓶清酒，小酌獨飲，鄰座的男人投以溫柔探詢的眼光，他身旁年少嬌嗔的戀人，像女兒般噘起小嘴。我起身付帳，木質地板隱隱作響，側身悄悄與他們擦肩而過，像個安分的旅人，靜靜欣賞途中風景，什麼都不帶走，像京都的風華，一回首已是百年身。

京都三大名物：京女、寺廟神社、佳茂川水，皆拜潔淨冰涼的地下水所賜；能坐在池泉回遊的庭園中，聽松風，看美女，吃湯豆腐，不亦快哉！

人生有味是清歡，物少滋味多，一點點禪意，就足夠旅人慢慢咀嚼，回味再三。

原載《聯合報・副刊》，二○○六年七月二十八日

五月初夏，前往日本山中旅行，風和日麗，心曠神怡。回到旅館坐在一大片落地窗前用餐，忽有所感，忍不住順手在餐巾紙上寫起詩來。

身著淡藕色和服的女侍，溫柔奉上熱茶，她腰間那條翠綠織錦的帶子，在背後綁成一隻翩翩的蝴蝶，像窗外如畫的景致，映照季節的容顏。

茶猶溫，詩未竟，藕衣女侍客氣地問我：「在寫俳句嗎？」馬上送來一疊美麗紙箋取代餐巾紙，微微一笑，頷首退下，識趣地讓我靜靜寫作。

這些紙閃著淡淡的銀色絲紋，保留些許樹皮纖維，輕輕撫摸，就能體會手工紙的原始觸感，想像筆墨遊走其間的酣暢淋漓。

紙的角落點綴不同的水墨花卉，有春綠的鮮蕨嫩芽、夏日迎風搖曳的紫藤、豔而不俗的菖蒲與歲末綻放的紅梅……。

那位女侍不但甜美動人，心思更是細密靈巧，她體貼地為客人服務，為文人備紙，讓我感動至今。她身上穿著山的顏色，帶給客人如風拂面的快意舒暢，那幾張紙珍藏著一顆體貼的心，四年來，一直捲臥在我的書房裡，不管外面的世界如何紛擾，只要攤開稿紙，就會想起山中旅行時，那低頭虔敬的女子。

低頭虔敬的女子，在京都御苑盛開的櫻花樹下，也曾驚鴻一瞥。

那時我已經連續追了兩年的櫻花前線，從計劃、等待、盼望，到追逐、失望，過程之痛苦，只要嚐過這種滋味的人，就能感同身受。

所以在御苑終於看到盛開的櫻花時，我亦陷入一種瘋狂之境，日本人說櫻花帶有妖氣，乃因樹下葬著花魂；但看當時全京都的人，幾乎都朝御苑奔來，就知道其魅力之大，除非親眼所見，真的難以想像。

就在一大片花海、人海，薄海騰歡之際，拍到一張身著緋紅和服，梳著辮子的女子，微微低頭，露出天鵝般美麗的頸，充滿無限的春意與遐思。她靜靜穿梭在花叢裡，兀自沉浸在幸福中，為春天留下美麗側影。

1 2 3 1.清水寺　2.櫻花樹下的女子　3.神戶有馬溫泉「雅中庵」門外

遠從八世紀平安時代開始，賞櫻是日本貴族專享的年度盛事，一邊賞櫻，一邊飲酒賦詩，充滿儀式的莊嚴與歡樂。一年一會的花期如此短促，猶似生命太過匆匆；櫻花滿開，如同宣告春天的來臨與結束，多像人一出生即宣告死亡終會來臨；難怪一旦吹起櫻花雨，落英繽紛之際，賞花之人也是淚如雨下，感慨萬千。

一直到十七世紀的江戶時代，賞花才成為一般平民的活動，其實日本人除了賞花之外，更愛那種熱鬧的氣氛，俗諺說「丸子比花好」，就是這個意思。更讓人歎為觀止的就是他們親手做便當和點心的準備工作，大費周章、鉅細靡遺，為的就是坐在花見席上能充分享受那種充分的參與感。

花見席上可以看到漂亮的櫻花麻糬點心、全套的抹茶器物，還有一種重要的工具，就是懷紙。

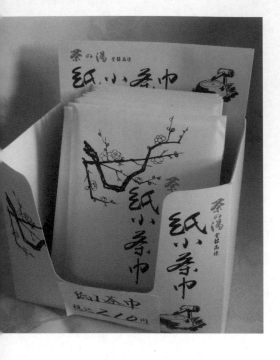

懷紙是折疊起來放在和服懷中，隨身攜帶的紙束。淨白素雅的懷紙，以耐用的和紙製成，可以用來抄寫詩句，放置點心，擦拭筷子、牙籤或杯口；吃不完的點心和裝飾用的葉子也可以用懷紙包回家，簡單優雅，一物多用！

有這樣的櫻花，才有這樣的盛宴；有這樣的盛宴，才有這樣的懷紙；有這樣的懷紙，才是日本的和風生活。

以「千年繁華」系列聞名臺日的作家壽岳章子，在她的《喜樂京都》中寫到新年茶會時，和父親吃應景「花瓣餅」，興沖沖地大口咬下，餅中的味噌軟餡稀糊糊、措手不及地流了出來，引來一陣混亂，弄得衣服、褲子、桌子、椅子到處都是……

後來他們只好向製餅老舖的川端道喜師傅求教，道喜說：「用宣紙端著吃就行了！」

這段狼狽的吃餅記，因一塊餅、一張紙，承載了一對父女共度年節的溫馨回憶。

我猜書中所譯的「宣紙」應該是「懷紙」；宣紙在日本還有一個很好聽的名字，叫「畫仙紙」，通常用來繪畫。日本遷都京都（西元七九四年至一一八五年）時，建立了官立造紙廠（紙屋院）就逐漸脫離唐文化

懷紙手巾・神戶有馬

的影響，從過去對「唐紙」的模仿，走出「和紙」的風格。茂密的森林和豐富的水資源為他們的造紙技術提供絕佳的條件，一直持續到十七世紀，達到巔峰。

漂亮的和紙變成日本獨特的文化，除了上述兩個元素，因四季分明而形成獨特的色彩美學，最令人稱羨。春櫻、夏綠、秋楓、冬雪，再配上庭園池泉，讓全世界的旅人，魂縈夢繫，趨之若鶩。

我亦如候鳥般幾乎年年飛來，清水寺的二年坂、三年坂、寧寧之道、石塀小路，走它千遍也不厭倦！大概因為每次去都是不同心境，而每回都有不同的收穫。

仰望仁王寺門前的櫻花，燦爛怒放，能否借來和紙一張，收攏花瓣、題上詩句，暗藏懷中？

順著哲學之道往南，莊嚴靜謐的南禪寺亦是我的最愛。南禪寺像是東山腳下一方透明的水晶琉璃，將京都千年的綠意凍結在這裡，置身其中，彷彿與平安時代的人呼吸著同樣的空氣。

壽岳章子小時候曾在這裡住了七年，她永遠記得月亮從東山升起，在他們八蓆榻榻米房內散落一地光影，那種難以言喻的沉靜美感……

她和兒時女伴常常偷偷鑽過梅花林、杉樹牆，穿越現在以湯豆腐聞名的「奧丹」，在那裡扮家家酒，而湯豆腐店的人總是微笑地看著這群小女孩，背後的稻草屋是店家的廚房，白煙冉冉，從屋頂緩緩飄出……

應該是那個微笑最令人難忘吧？在南禪寺的順正書院吃湯豆腐時，打工的年輕女侍靦腆的微笑，耐心地等待我為滿桌的晚餐拍照，好不容易等到開動，發現我將包筷子的紙箋攤開，仔細的欣賞閱讀，又忘了吃飯，她轉身再送來另一款紙箋。

這一系列的筷子紙箋，有版畫、有書法，是由「秋野亞衣」所繪，「松浦忠平」所書，我手上的第八話介紹清水寺地主神社「戀愛之石」，第十一話的主題則是「清水舞臺」；贊助的店家包括南禪寺、清水寺、粟田口的順正湯豆腐和南禪寺前的丹後屋，是手法非常高明的置入性行銷，略為粗實沉穩的紙感，對比雪白柔嫩的湯豆腐，又是另一種況味！

還有暗夜裡靜靜亮在石塀小路的紙燈，竹片編成古典造型，透過和紙薄薄的光，閒適安逸的守在泛著水氣的石片小徑，默默守護京都千年的繁華、鏡花水月之夢。

紙，極薄，極強韌，來自大地，還於大地；與人世間的詩人藝匠、貴族庶民結緣，是一趟美麗的修習旅行；那最初的夏，如不老的山色漫延；從低頭虔敬的女侍開始，旅行，未曾終止。

原載《皇冠》雜誌，二〇〇六年十二月號，第六三四期

清水寺仁王門前盛開的櫻花

京都之心。

在京都，很容易找回自己的心。

每次搭 JR，一進站，常有回家的錯覺，彷彿這些年在臺北過度忙碌的生活，都可以在這裡獲得補償。

我總是睡啊睡，不斷地昏睡，睡到傳統小旅館的老闆娘忍不住說：「今天已經不下雨了，你應該早點出門去玩！」殊不知她一將早餐從榻榻米上撤走，我馬上又把枕頭、被褥舖回去，倒頭再睡！

住這種小旅館更像回家，可以跟老闆娘耍賴撒嬌。半夜溜出去吃拉麵，還可以借穿他們的木屐，在寂靜的巷弄，任由喀喀喀的聲響，伴隨一路夜色與月光。

這裡的人很安靜，大概觀光客太多太吵，京都人變得格外沉默。沉默很好，很珍貴，尤其在臺北，臺北人已經忘了這兩個字的存在，在喧囂的背後，隱藏巨大的孤獨，又深怕被識破，只好不甘寂寞，或不甘示弱地虛張聲勢。

從虛張聲勢的銀行逃出來，我通常先去鄭大哥的 P 咖啡館小坐片刻，不早不晚，幾乎都是要命的三點半過後。高高瘦瘦的鄭大哥繫著潔白圍裙，從不問我要喝什麼，因為他知道只有加上濃濃巧克力和奶香的摩卡，才足以鬆弛我緊繃的神經。

他總是彎著腰，認真地站在吧臺後，在打得濃稠綿密、幾乎吹不動的奶泡上，做出不同圖案的拉花。嘴唇上沾著白白的奶泡，舌間滑入甜甜的巧克力和苦苦的咖啡，就像那時候為事業、家庭奔波的滋味，只有那杯神奇的汁液可以拯救我的靈魂。

鄭大哥與他的妻子酷愛旅行，每隔一段時間，只要看到鐵門上貼著大字報，就知道這對頂客族又跑出去逍遙了！等他們回國，大夥擠在吧臺前吱吱喳喳，不管旁邊的人認不認識，一起輪流看照片，交換意見，久了，盤據吧臺的那群人，就變成有點熟又不太熟的朋友。

這些有點熟又不太熟的朋友，出國旅行時，也會寄明信片到店裡，鄭大哥把這些信件或照片用磁鐵吸在咖啡機側面，有興趣的人就會主動探問，然後大夥又可以開始熱烈討論，在咖啡涼了之前。

P 咖啡館成了候鳥休息站，客人來來去去，卻不曾忘記這裡。十幾年前臺北剛剛吹起義大利咖啡潮，沉迷於「我不在家，就在咖啡館，不在咖啡館，就在前往咖啡館路上」香醇氛圍中。後來我的人生不再那麼苦澀，不需要那麼甜的摩卡，鄭大哥悄悄為我換成輕鬆愜意的拿鐵。

直到有一天，突然非常想念 P 咖啡，坐在熟悉位子上，才知道咖啡館竟然已經換了主人！P 幾乎保持原貌，手上的咖啡依然順口，卻喝不出相同味道，心裡酸酸的，加再多糖也無用。

在京都的錦小路，我依然扮演夜行動物。新舊交錯卻不唐突的街道，住家與商家和平共處。幾乎所有的店都已打烊，我卻被「蔦家」咖啡的櫥窗吸了過去，幽幽一盞小燈，留給客人 Window shopping，三格

木製櫥窗，放滿各式各樣精緻的咖啡杯盤、水晶酒杯、荷蘭冰滴咖啡壺、還有一個古老座鐘，好像每件東西都藏著故事，下定決心一定要來這裡喝杯咖啡再回臺北。

隔日再訪，店主人是一對中年夫婦，有著京都人慣有的靦腆與沉默，不太理會客人，安靜埋首工作。一屋子都是他們在世界各地旅行時收集回來的咖啡杯，整齊有致地排列或懸掛在吧臺四周，每一套都值得細細觀賞。小廂房還懸著一尾鐵魚，那是日本老式建築中，用來勾住爐灶上茶壺的裝飾，最令觀光客瘋狂。

我客氣地詢問可以拍照嗎？老闆很嚴肅的煮完咖啡後才笑開一張臉。咖啡如果煮得好，黑咖啡就很好喝，喝完之後唇齒留香，連空杯子都是香的！在蔦家，再次體會。

隔年春天重返京都，這次雖不住錦小路的老旅館，依舊摸黑尋了去，蔦家果然又早早打烊。春雨綿綿，走在光滑濕亮的石板路上，空氣中彷彿飄著去年春天咖啡的香味……我又想起 P 咖啡館，如果鄭大哥

1.蔦家的老闆 2.蔦家的檸檬派也很好吃

還是主人，一下飛機就可以朝他的店奔去，一解咖啡相思之苦。

蔦家，你一定要好好地繼續下去，今年秋天，我將去狩獵紅葉，你一
定要耐心地等待。旅人的魂縈夢繫，常常是那個城市的氣味。

京都之心，來自歲月的堅持。

原載《聯合報・副刊》，二○○七年四月二十二日

入選《九十六年散文選》（九歌版）

1.蔦家咖啡一景 2.蔦家咖啡招牌

「夜燈上那個柊葉的模樣，總讓人心生懷念。到達京都的夜裡，當女中把潔白被子攤開，被單上印染的柊葉模樣總是讓我心安。為此，從遙遠旅程回東京的路途上，我總要特地在京都停留一晚。」川端康成筆下的柊家旅館是他在京都的家，當年為了寫小說《古都》，出生大阪的他曾到京都「居遊」，他說：「京都是日本的故鄉，也是我的故鄉。」能讓這位諾貝爾文學獎得主如此心儀，掛在玄關匾額上「來者如歸」四個字，就是這個創於西元一八一八年之旅館老舖，歷久不衰的答案。

鋸齒狀的柊葉讓川端康成安心，燈具、地板、茶杯、瓷碗、漆盤、衣物盒、紙筒到處都可以看到這個圖案，川端康成覺得「那柊葉卻不醒目，這樣的不醒目，正是京都柊家迷人之處。堅持老舖自古即有的格調，卻又不張揚。」

現在去柊家還可以看到川端康成經常入住的那個房間，塀庭中栽植的柊樹依然典雅美麗，為這段文學佳話做歷史見證。二〇〇六年才完成的新館，其中唯一一間西式客房，特別以川端康成《古都》書中最重要的「北川杉」為設計主題，馬上把場景拉到小說的北山山里，古今呼應，將柊家與川端康成再一次巧妙結合，是京都人最擅於營造的「京情緒」。

京都之所以有讓旅人一來再來的魅力，在於他們為旅人精心安排各種主題導覽。有人追蹤藝伎身影，有人狂熱參與祭典節慶，有人春天賞

櫻秋天狩楓，有人鍾情文學散策，從紫式部《源氏物語》、川端康成
《古都》、三島由紀夫《金閣寺》、井上靖《樓門》、夏目漱石《虞美人
草》、谷崎潤一郎《細雪》、志賀直哉《暗夜行路》到渡邊淳一的《化
妝》、《京都物語》，京都一直都是「文學現場」，歷代文豪的最愛，遊
京都就是書迷影迷最直接的致敬方式。

川端康成極愛的柊就是冬青樹，冬青樹最廣為人知的品種就是聖誕
樹！當這片小葉子用金漆描繪在紅色漆盤上，何等古典優雅；開在塀
庭石燈籠旁，何等素樸脫俗；繡在待客室地毯上的柊葉圖案，何等寫
意瀟灑，都散發傳統的東方氣息。但這株柊樹過去也常出現在聖誕節
卡片上，背景常是皚皚白雪，堅挺光亮的綠葉與鮮紅欲滴的漿果，簇
擁纏繞成一片佳節感恩氣氛，遠方似乎傳來陣陣歡樂鈴聲，聖誕老公
公的雪橇就要從天而降……

1.「浜作」店招就是川端康成的題字　2.清水寺前的獻燈

這些年在京都的大街小巷，常有這種穿越古今、東西交融的錯置感，不得不佩服京都人對「時間」與「空間」的巧妙運用，技巧之純熟、手法之高明，令人歎為觀止。所有的距離都是經由精密計算後創造出來的美感，不露痕跡，是一種看盡繁華、信手拈來的洗練風格。

以京都名庭為例，不論何種形式，都可以在喧囂的塵世中迅速切割出一方宇宙，讓靜觀者洗心，從一沙一石、一花一葉窺見天堂。枯山水以石組、白沙象徵流水、大海，萬頃波濤如同靜止，幽遠枯寂的意境適合參禪。池泉迴遊的庭園，常有小橋流水，美麗的池塘波光瀲灩，群鯉迴游，適宜闔家觀賞，如果再將遠山借入景中，更是一絕。

真真假假，虛虛實實也是一種文學筆法，或作家的生活寫照。劉黎兒在《京都滿喫俱樂部》書中說：「到了京都，就會發現文人很偉大，只要文人品評過或有點關聯的地點、食物，現在都身價百倍。」她自己覺得這幾年為了川端康成多付了好多錢，就是為了住進川端當年寫《古都》的柊家，「柊家單靠川端或志賀直哉等人曾經住過，就能吃好幾代呢！」她說。

過去京都這些飯館、料亭可是經年累月免費提供文人食宿的哦！現在還可以看到很多川端康成的題字，據說「數量驚人」，黎兒學姊猜川端康成若不是人太好，就是他曾免費食宿過的名店不少！這兩個猜測都很有「禮貌」，嵐山光三郎在他的《文人的飲食生活》書中，下筆就很不客氣，他認為川端康成是個「吃白食的高手」，「他找人請客的方法，就是積極但被動地讓對方覺得非這麼做不可！」

川端康成一歲喪父、二歲喪母，七歲祖母過世，十歲姊姊過世，十五歲唯一的親人祖父也撒手人寰，變成完全孤兒的川端康成輾轉寄養親

戚家中，所以嵐山光三郎說：「晚年的康成吃的是安眠藥，年輕時吃的則是別人家的飯。」看了頗令人心酸。由於出身貧窮，川端康成成名後對金錢變得毫不在乎，甚至輕視。只要開口就會有人送禮，他變得十分奢侈浪費，他的夫人秀子曾說：「即使家境清寒，還是要買鯛魚和龍蝦。」可見他甚為極端的習性。

六十二歲完成《古都》的晚年，川端康成必須依靠安眠藥藥效發作後，邊打瞌睡邊寫小說，他視《古都》為「異於尋常的創作」，想必居遊京都的那段日子精神狀況並不好。因仰慕他的文采和盛名，免費讓這位老人家食宿應該也是店家樂於提供的善舉，川端康成不也留下許多無價的招牌題字，與其說是「文人的金錢效果」，不如說是另一種「文化財」。

川端康成是個胃口很小，一個便當要分四次才吃完的美食家，也許小時候窮怕了，捨不得一次就把食物吃光；也可能從小沒得吃，把胃餓小了。他在京都住一段時間之後，發現心目中那個古老美好的古都，已經逐漸遭受破壞，為此頗為疼惜。保持距離以策安全是千古不變的原則！如一九六三年興建京都塔的軒然大波，老京都人恨極了這種高聳入天的怪異建築；更遑論一九九七年開幕的京都車站，華麗的鋼管天篷，可隨時變成展場的大廣場或大階梯，從議論紛紛到現在升格成建築系學生的朝聖景觀，京都人心中想必也是百味雜陳吧！

想像半醉半睡半醒的川端康成，有時伏案寫作，有時大啖美食，在古都的巷弄，也許隱藏更多祕密，靜靜候在那裡，等待旅人發現。

原載《幼獅文藝》，二〇〇八年十一月號

暗香浮動宇治川。

幾次到京都皆錯過宇治，二○○七年秋又去紅葉狩，為免遺憾，決定列為第一站。搭最早的西北航空，中午就抵達京都車站，放好行李，直奔宇治。

從前搭 JR 奈良線，一路坐到底，途中見到「宇治」兩個字從車窗飄過，心中難免浮起一絲惆悵，很想看看這個宇治茶、宇治冰的原鄉；品嚐一下「源氏物語」場景的滋味；試試是否如舒國治所言，在有月色的宇治川南岸土堤上清夜散步，透過樹梢，真能窺見平等院鳳凰堂的一角？

下了車，天光甚好，適合隨意散策，僅以前方的宇治川為大目標，漫行這個小鎮。很快地我就愛上這裡，因為和故鄉三峽很像，小時候的那個三峽，常有婦人及小孩圍在「亭仔腳」（走廊）挕茶，剛焙好的茶葉堆在圓形竹篾大盤中，將其中的茶枝挑出來，再將茶枝秤重換錢，我生平第一次打工領到的五毛錢，就是這樣賺來的。坐在老街廊下的婆婆媽媽，眼神專注精準，雙手飛快挑揀，依然談笑風生，聽那些俚語八卦，比賺五角錢還有趣。一群一群圍在茶行或自家門口埋首工作的婦孺，笑聲話語伴著濃濃茶香，順著老街瀰漫綿延，像極了宇治的氣氛，走在平等院前表參道，兩旁商店都和宇治茶有關，整條街亦是暗香浮動，一陣一陣湧上旅人鼻息，潛入遙遠記憶。

宇治是一片位於京都近郊的丘陵，山明水秀，早在平安時代就是貴族建立別館，狩獵冶遊的名勝。霧氣深重，雨水豐厚，水質良好，三大

條件非常適合種茶，將禪宗引回日本的榮西，也從中國帶回茶種，再經豐臣秀吉大力提倡，使得宇治茶至今幾乎變成日本綠茶的代表，只有靜岡綠茶能一爭高下。

尤其日本的和菓子極甜，非常適合搭配玉露、煎茶和抹茶，這三種茶也是宇治茶最受歡迎的品項。不經意走進中村藤吉本店，古老的町家建築，外貌維持得相當良好，掀開店招暖簾，入口處右側還保留當初「銘茶賣場」原樣，店員跪在榻榻米上，老舊的照片、工作服懸掛四周，屋子中間還留著炕與南方鐵器火缽，原汁原味，令人忍不住一直拍照。

穿過植有一株兩百年樹齡「舟松」的庭園，後面的町屋則改建成挑高時髦的茶屋，正逢 Tea Time 時間，當然得試試宇治最有名的茶點。端上來的抹茶打得細緻綿綿，微微的苦，濃濃的香，還有一絲抹茶特有的腥，剛好平衡糕點的甜膩。抹茶冰淇淋也不賴，滿滿一盅盛在青

1. 2. 宇治中村藤吉本店

翠竹筒內，裡面還有豆沙、白玉（白色的小湯圓）、抹茶果凍、抹茶
丸子，色香味俱全，雖然十一月的宇治已經很冷，幾乎每個客人都點
上一盅。

鄰桌客人還在享受他的抹茶蕎麥麵時，我已經散步到街上，外來的旅
人不多，可以悠哉悠哉地閒逛，經過原為上林茶舖的茶葉博物館，門
口張望一下即可，倒是隔壁的市場很吸引人。一堆一堆的柑橘在燈光
下閃閃動人，剛剛花太多時間喝茶、吃冰淇淋，黃昏市場已經開張，
魚販忙著準備各種食材，生食、熟食、半成品通通都有，任君挑選，
花店還開著，和食材互競季節的美麗與新鮮。

薄暮時分，終於走到宇治川，兩岸燈火一盞盞漸漸燃亮，宇治橋人車
鼎沸，下班尖峰時間的擁擠阻塞，舉世皆然。眼前的宇治橋如此忙
碌，千年前的宇治橋，充滿源氏物語的魑魅魍魎。夢浮橋頭紫式部的
坐像，果如繪卷裡的模樣，額頭飽滿高聳，象徵她的聰明早慧；五官

秀麗，面容豐腴，完全符合日本人心目中楊貴妃的理想典型。紫式部身著層層單衣，微微低頭，看著手中的書卷，長髮、長衣、長卷、長橋，宇治川的千年物語，風吹過、水流過，愛恨追逐過……

紫式部出身貴族，才能跟在詩人父親身邊飽覽家藏豐富的漢籍，她最喜歡讀白居易的詩，十歲左右就表現得比後來也變成詩人的兄長還出色。二十歲被藤原宣孝苦苦追求，最後因他的情書感動，還是嫁給大自己二十六歲且有妻有妾的藤原宣孝。婚後育有一女，三年後宣孝感染流行病死亡，紫式部二十多歲就變成寡婦，甚為感傷。就這樣過了四、五年，西元一○○五年時，她被召喚入宮，為一条天皇的中宮「彰子」解說《日本書紀》，和最擅長的白居易詩文。雖然她一直不太適應宮廷生活，卻因長期接觸內宮貴族，尤其是女眷，累積日後書寫《源氏物語》的豐富素材，《源氏物語》比《紅樓夢》早了七百年，是日本「物語文學」的巔峰之作。

紫式部對自己的婚姻一直處於掙扎矛盾的狀態，一開始她先逃婚，後來才接受宣孝的求婚；就像《源氏物語》的源氏，出身高貴，年輕時俊美動人，有「光君」之稱，風流多情，被他看上的女人，無一倖免；但源氏到老還是遍嘗背叛、悲憤之苦！紫式部雙眼所見、筆下所寫的平安朝貴族，從歌舞昇平，一步一步走向腐敗、崩潰，留下滿園廢墟，一片荒涼。

時間如果充裕些，可以循著地圖，將《源氏物語》的「宇治十帖」一一探訪。《源氏物語》共有五十四帖，〈橋姬〉卷以下的十帖，皆以宇治做為舞臺背景，所以被稱為「宇治十帖」。此時光源氏已過世，以他的兒子「薰」和三皇子「丹穗親王」兩位美男子為主角，這對難兄難弟同時愛上八親王之女，大女公子和二女公子，她們就住在宇治

川旁的山莊。紫式部的文字優美靈動，情意幽遠，如薰君愛慕大女公子，躲在宇治山莊偷窺佳人彈琴，聽著聽著心生愛憐，就贈大女公子和歌一首：

為得橋姬心，撐竿插淺灘；
船篙滴水珠，熱淚濕滿袖。

大女公子聰明伶俐，深知答歌貴在神速，馬上題筆回贈：

宇治川上千帆遍，
朝夕袖濕難免朽。

一來一往，非常厲害。到了第五十一回，薰和丹穗親王又同時愛上「浮舟」小姐，浮舟與大女公子是同父異母的姊妹，容貌相似，剛搬進薰為紀念已逝大女公子新建的宇治山莊內。「薰」天生異香，儀表堂堂，「丹穗親王」乃蓋世無雙美男子，前者含蓄爾雅，後者風流熱情，浮舟夾在兩人中間，痛苦萬分，薰贈歌安慰她：

結緣長如宇治橋，
千秋不朽無須愁。

浮舟答歌：

宇治橋長多斷板，
千秋不朽難保障。

其實那些女子心中一直都是明白的，只是生於那種年代，一夫多妻、

近親結婚、政治聯姻，女命如蜉蝣。浮舟後來投宇治川自盡未果，遁入空門，全書結束在第五十四回《夢浮橋》，現在紫式部的石像，也守在那裡。

走到平等院的時候，天色已晚，院門緊閉。這座象徵極樂淨土的國寶級寺院，就是平安朝左大臣源融建在宇治川西岸的離宮，後轉為藤原道長所有，藤原的次子賴通繼承後，改建為平等院。走來走去，好像都走不出《源氏物語》的場景，宇治的日文發音與「憂鬱」相同，不知古人是因憂鬱到宇治散心，還是到宇治散心之後就不憂鬱？近百萬字的《源氏物語》，不會再令現代女子憂鬱了吧？

表參道的石板路倒映層層夜楓，店家一一關燈、打烊，隔街的宇治川暗香浮動，思古之情澎湃洶湧，平等院拜殿屋角的銀色鳳凰，蓄勢待飛，幸福終究會在人間停歇。

晚安，宇治川！

原載《聯合文學》，二〇〇八年六月號

宇治平等院門外

源氏物語千年紀。

四月一日，愚人節。「選在這種日子出發，追櫻會成功嗎？」翻開一頁頁蓋滿戳記的護照，忍不住問自己。

進入登機室，笑容可掬的地勤送上一本小冊子，裡面是三種不同尺寸的便利貼，背面印著臺北往返成田、關西機場的運航時間表，附上一張中、日文的小紙條，感謝我們搭乘 JAL 日本航空四月一日從臺灣飛往日本的首航，正式和已經飛行三十二年的日亞航說 bye-bye。「這是愚人節的禮物嗎？」忍不住又問自己。

隔天站在京都真如堂前滿開到幾乎看不到枝葉的櫻花時，一顆心才獲得釋放，任春日香甜薰風將數年來不斷追逐的疲憊徐徐吹散，只想坐在樹下打個小盹，假裝一切都沒發生過。但是二○○八年的京都，除了賞櫻狩楓之外，還有一件盛事，就是到處可以看到「源氏物語千年紀」的活動及海報，整個古都蒙上一層泛金的華麗面紗。

二○○七年第一次到宇治，還在車站就看到一張粉紅色海報，預告「二○○八年源氏物語千年紀」即將轟轟烈烈展開，原本只想逛逛這個茶的故鄉，卻誤闖源氏物語最後「宇治十帖」的歷史場景。除了國寶平等院鳳凰堂、表參道外，宇治觀光案內所，備有各種「宇治十帖散策地圖」。宇治將「源氏物語」當作重整城市的主題，以「源氏物語博物館」為核心，利用模型及影像，復刻「宇治十帖」，介紹最後的

2007宇治預告「源氏物語千年紀」的海報

人物「浮舟」。二〇〇八年再訪京都，果然到處可見千年紀的活動海報，二〇〇八年可直接稱為「源氏物語年」。

這一千年是怎麼計算出來的？《源氏物語》真正的書寫及完成時間至今仍無定論，學者專家從作者紫式部在西元一〇〇八年十一月一日的日記中，發現其中記載這部作品在當時平安朝貴族間爭相傳閱的情形，就用這個時間算到二〇〇八年的十一月一日，剛好一千年。

《源氏物語》原本只是寫給後宮女眷看的「言情小說」，會變成男男女女爭相傳閱的暢銷書，原因不止一個，紫式部的文字功力了得，居功最大。她從小跟在詩人父親身旁讀書，尤其鍾愛漢籍《史記》和白居易的詩文，也因為這項專長，三十歲不到就守寡的她，在西元一〇〇五年被召喚入宮，為一条天皇的中宮「彰子」解說《日本書紀》和白居易的詩，在後宮侍讀一段日子，開始寫《源氏物語》。

林水福教授另有一說，在《源氏物語的女性》書中寫道：「紫式部可能在她丈夫藤原宣孝去世那年（一〇〇一年）就開始動筆，並完成部分的《源氏物語》，因此聲名大噪，才被彰子邀入宮中，繼續撰寫《源氏物語》。」

茂呂美耶在《物語日本》一篇談「隨筆文字之祖」的文章中，就把紫式部和《枕草子》的作者清少納言，平安時代（西元七九四年至一一九二年）兩大才媛互相比較。清少納言離婚後二十八歲入宮伺候一条天皇的中宮「定子」，聰明機智、溫柔明朗的個性，馬上變成宮廷「文藝沙龍」的紅牌要角，定子失寵病逝後，中宮換成彰子，紫式部就取代清少納言的位置。紫式部曾在日記中批評清少納言的漢字文章，看起來茂呂美耶似乎比較欣賞清少納言的寬宏氣度。

後宮女官彼此競爭不知是為自己還是為主子？當時的「紙」是非常非常稀有昂貴的物品，若非賞賜，一般人拿不到也負擔不起。所以還有一種說法是藤原為了幫助自己的女兒彰子能夠受到天皇寵愛，找紫式部撰寫《源氏物語》，再由彰子說故事來吸引天皇上門求歡，後宮粉黛三千，比美麗永遠比不完，有「學養」的妃子更具魅力！平安時代的「攝關政治」，大權掌握在攝政、關白這些天皇外戚手上，要實際掌握政權就要想辦法先讓女兒入宮，並生下皇子，再扶持外孫成為皇太子，下一步就是幫助皇太子正式就位為皇上，藤原時代從西元八五八年到一〇一六年，就是用這種方法掌握政權。

宇治夢浮橋紫式部石像

當時的貴族婚姻是「訪妻制」，女子婚後仍住在娘家，女婿不來，丈
人、妻舅軟硬兼施，連哄帶騙也要設法逮人。如果以《源氏物語》全
書中，長得貌不驚人，甚至列為「醜女」的末摘花
為例，源氏後來雖然看清她的長相，也識破她
的琴藝、和歌皆不佳，中間甚至一度忘了
她，後來看到末摘花依然守在雜草叢
生、連盜賊也過門
不入的荒廢

三井寺前的櫻花一路燃燒到天邊

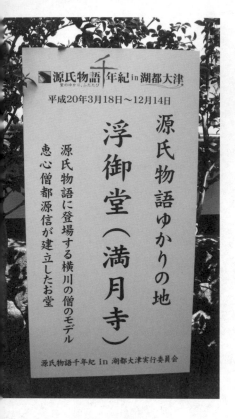

舊居中，一心一意等待，大受感動，下定決心一輩子都要好好照顧她，兩年後真的將這位馬臉象鼻的癡心小姐迎入二條院享福。

還有一位「花散里」，即令源氏與她聚少離多，她永遠一如往昔，毫無怨恨之色，源氏最後也將她迎入改建後的二條院，和末摘花都安置在東院。但花散里是一位能讓源氏信任的女子，源氏託花散里擔任自己兒子夕霧的監護人，從夕霧口中我們才知道「這位繼母長得真是難看，但父親竟然連這樣的人也捨不得！」夕霧後來發現父親喜歡的是花散里柔順可親的性情。過幾年源氏又將花散里移到「夏之御殿」，四周水晶花籬為垣，清涼泉水，濃蔭夏木，院內遍植夏花，排場不亞於最美的紫之上夫人，源氏死後還將二條東院賞給花散里，花散里在夕霧的照顧下，安享晚年。

這兩位其貌不揚的女子，下場都比美女空蟬、夕顏、紫之上、朧月夜，還有第二代的大女公子、浮舟這對同父異母苦情姊妹花幸運，由此推論《源氏物語》的背後，也許另有推手，就是希望女婿好好疼惜女兒的那位泰山大人。

在那樣的時代氛圍，女人十分脆弱無奈，一生幾乎都被命運的簾幕豢養在小小的格子門內，瘦弱、多病、蒼白、哀怨，彷彿皆是為了償還風流債而生，了卻夙願而死。紫式部感慨「這個惡濁可欺的末世……總是越來越壞」，《源氏物語》由盛而衰的荒涼頹圮，比曹雪芹的《紅

大津也有源氏物語千年紀的活動

樓夢》早了七百年。

宇治的「源氏物語博物館」二○○八年籌備一連串活動，五月三十一日至六月二十二日，由宇治市公園綠地課主辦「源氏夢螢」，讓大家在植物公園內傾聽流水聲，幻想源氏螢穿梭飛舞的世界。八月十日宇治市觀光協會在宇治川上主辦花火大會，七千發煙火，照亮夏日夜空，是一千年的華麗約定。九月三日源氏物語博物館十周年後重新開館，從這天起一直到十一月三日，公開「五攝家」當中，「近衛家」珍貴的「陽明文庫」，源氏迷可以在博物館的貴重資料企劃展示室看到。十月十六日到二十三日還有燈會，宇治上神社開放夜間參拜，博物館、宇治橋邊、散策步道都一起燃夜燈。十月下旬到十一月上旬，如果參加他們「宇治十帖」古跡健行，全程完成者還可以得到紀念徽章。

遠在另外一頭琵琶湖畔的「源氏物語千年紀 in 湖都大津」也不落人後。石山寺號稱《源氏物語》發祥地，這裡特別設置「源氏夢回廊」，一整年都可以在石山寺不同殿堂中，參觀和紫式部有關的展覽。石山寺地處偏遠，要搭京阪石山本線出城，石山寺只從早上九點開放到下午四點半，扣掉爬山的時間，需提早出發，最好預留一整天的時間慢慢遊賞。如果錯過上半年的源氏物語日本刺繡展和染色史家吉剛幸雄衣裳展，下半年還有「紫式部千年戀館」，展示吉永小百合飾演紫式部，或天海祐希飾演光源氏的戲服。十月十二日以後，還有十二單衣試穿體驗，注意先確定時間，而且每天午前、午後只有各四個名額。

過去比較常在京都玩耍，弄不清楚遠在琵琶湖畔的石山寺，為何和源氏物語也有關係，後來看到一份地圖，才發現若以京都為中心，右至石山寺，上至北山，左至嵯峨野清涼寺，右下至宇治，左下至明石、

須磨，足跡跨越京都府、大阪府、奈良縣、兵庫縣和滋賀縣，全都是小說的場景，難怪全體總動員。

京都府的活動更多，大多以博物館、圖書館為主軸，包括講座、文化展、能面展、茶陶器展、繪卷展、室內樂、朗讀、舞蹈劇、還有將源氏物語比較西歐宮廷文學中的王妃之戀演講等，整個委員會從二○○七年一月三十日就成立，運作至今。

這樣大費周章，是否已將《源氏物語》的輪廓描繪得更加清晰？我並未刻意參與這場千年盛會，只因無法連續訂到旅館，被迫暫離京都兩天，卻意外發現石山寺和另一座與藤原道長息息相關的三井寺，一站比一站盛開的櫻花，讓我幾乎處於幸福滿溢的亢奮狀態。紫式部認為物語有「瞭解世相」的功能，她寫《源氏物語》，寫的是真實人生，看書中四百多個人物進進出出，為愛煩惱，為情痛苦，借景抒情，借物抒懷，最後除了遁入空門，幾乎難得善終，難怪紫式部喜歡白居易，《源氏物語》是她筆下一卷日本平安王朝的「長恨歌」。

這是個幸運的愚人節，花開得不能再好，雨下得不能再多，一千年後是否還有癡人追櫻？逐字逐句探索紫式部筆下千迴百轉的愛恨情仇？

原載《聯合報・副刊》，二○○八年十月三十日

滋賀縣建於一千年前琵琶湖畔的浮御堂

野菜三千。

在日本京都旅行多日，頓覺周遭極致的優雅景物甚為拘束時，我就搭車前往洛北的三千院。

因路途往返有些遙遠，只得早早出門，在乾淨的公車上搖搖晃晃，打個盹，睜開眼，滿山翠綠的北杉就在車窗外筆直聳立，空氣也換了顏色，川端康成筆下的《古都》換了場景，一樣令人神往。

下了公車走進「大原」的田野，彷彿回到小時候去郊外遠足，踩著田邊小徑，在天光與水光間穿梭往來，那時最怕一不小心把鞋子掉進田裡，就得踩到爛泥巴中拔鞋子，回家免不了挨一頓罵。

大原女頭上束白布巾，身著白色上衣，外罩黑袖衫，綁著紅白細帶，腳踏草鞋，頭頂木炭或農產的模樣，已經變成日本婦女勤奮的象徵，從海報上就可以嗅到淳樸古風，現在也變成當地的著名祭典。

不論哪個季節到三千院，我都喜歡！穿過平坦的田野，路邊農家栽種的青菜肥大壯碩，芍藥雖不似牡丹那樣貴氣逼人，在郊外野放反倒清新脫俗；青楓也不像紅葉那樣放任燎原，葉葉分明，青春永駐，無視秋天的來臨。

上山的路順著「呂川」河畔，沿途都是販賣當地農產的攤販，竹籃上的紅色大根（蘿蔔）配上青綠菜葉，鮮黃果子伴著豔紫梅子，對比強烈，充滿季節感。除了新鮮的野菜和各種漬物，現烤的白色丸子（麻

糯）表皮微微焦黑，不斷散發混著醬油與米香的誘人氣味，坐下來吃一串剛剛好，再配一杯綠茶，充分的飽足感與幸福感，讓旅人稍事休息後，精神抖擻，起身上路。

隨興逛完市集，三千院的山門在望，脫了鞋進入正殿，踏上光可鑑人、不染塵埃的木質地板，從腳底沁上的涼意頓時讓人滅絕三千煩惱，日本人最喜歡安安靜靜坐在迴廊朝向外面的「聚碧園」，一批人坐一批人等，沒有一絲火氣。每次我一到這裡，也喜歡坐在迴廊上看園中的洄流游魚，春天賞櫻，秋天看一片片楓葉像星星一樣落在水面，無聲無息，只有旅人壓低聲音的喃喃細語，要不是地板實在太冷，真想就這樣一直坐下去。

這裡的水來自北側「律川」，和南側的呂川夾抱著整個大原，為這兩條溪命名的「圓仁」就是平安時期入唐僧「慈覺大師」，西元九世紀回到日本看見三千院附近山林景色秀麗，決定在這裡建立「聲明」道場，傳入天臺宗大原流，開啟日本的佛樂梵唄，同時也影響日本的音樂，包括淨琉璃、音頭、盆踊甚至演歌。三千院一帶還有淨土宗的寺院，罕見的兩宗並存。

院內彎曲蜿蜒的廊徑將一間一間建築連接起來，每一個轉彎都帶給旅人無限驚喜。三千院最著名的往生極樂院，整片青苔如綠色絲絨，和

三千院夕照

北山杉連成一體，被形容成「杉苔的大海原」，這座安靜韻致的古老建築是藤原時代高松中納言妻子真如房尼削髮出家後，遠避塵囂終老一生的地方。

因為位居京都北境，三千院有些偏遠，有一次待到天快黑才下山，下山途中竟然還與上山的旅人擦肩而過，大概因為既然來到京都，再遠再晚也要到三千院一遊吧？為何大原既是梵唄的發源地，又能孕育出堅韌豐碩的大原女？

古代的大原曾以「里子」制度聞名，當時生在京都城內的皇宮貴族、鉅商富賈常將孩子託給大原農婦養育，太過養尊處優的環境容易養出瘦弱萎靡的小孩，不如讓這些孩子在大原寬闊的環境中健康成長，所以大原的農婦常以養育上流社會後代為榮，她們將這些貴族的孩子細心照顧，間接也受到皇親貴族的影響，連說話用語都帶著宮廷氣息，

1. 三千院的大原紫蘇梅　2.3. 大原野菜

和一般的農村完全不同。大原的男子也經常入宮工作，享受免稅特權，他們為了感謝佛菩薩恩惠，至今仍在村中舉行「御赦免地踊」，以歌舞表現對佛菩薩的感恩。

大原這片土地曾經擁有這般的文化淵源，種出來的野菜特別欣欣向榮，難怪每次一想到三千院，寺廟的印象總比路上的花草景觀模糊，如果錦市場是京都人的廚房，大原野菜就是京都人的原始力量，小時候看大力水手卜派一吃菠菜罐頭就力大無窮，無堅不摧，無所不能，實在太過神奇，後來才知道原來背後是菠菜工廠贊助的卡通影片！幸好大原的野菜真實存在，一念三千，野菜三千，咬著醃製的大根，苦中帶甜的脆勁，才是旅人真情實意的滋味。

原載《人間福報・副刊》，二〇〇八年七月八日

三千院的青楓

月渡嵐山。

日本平安時代貴族最愛的冶遊之地，除了宇治之外就是嵐山；嵐山嵯峨野這一片洛西地區的四季美景，在京都人眼中充滿幽玄之感，如同西方淨土。入江敦彥在他的《祕密的京都》寫道：「……實際上在都市西側把死後世界創造出來的，只有京都。京都盆地西側的山際，以及到西山之前的街道沿途，都灑了死亡的金粉。」古時候貴族往西去要渡三途之河，這裡有天皇一族的御陵，這種彼岸散步是一種死亡隱喻。京都人到西邊賞月，漫遊渡月橋，「無形中含有在生前預遊死後優美風景的象徵意味」。

讀了入江敦彥所謂「京都人才懂的散步法」之後，才解開心中許多疑惑，來自旅遊書籍的觀光指南畢竟不敵在地人功力。嵐山嵯峨野真的美得很幽玄，幾年前我第一次到嵐山就差點回不了京都市區，起初是身上的日幣用罄，找不到銀行或店家可以兌換，人力車車伕也不敢隨便換錢給客人，心中焦急萬分，突然看到幾位比丘尼迎面而來，正以熟悉不過的臺語交談，一陣大喜，趕緊向前求救，果然換到日幣，解決無法購買回程車票的困窘。

錢的問題既已解決，就開始放心大膽慢慢遊賞。建於西元一三三九年的天龍寺名列京都五山第一，貴為世界文化遺產，最著名的「曹源池」由夢窗疎石所建，是一座典型的池泉回遊式庭園，白沙綠松四季常存，遠景是環抱著沙洲水灘的青山，近景就是春天的櫻花，秋天的紅葉，不管從哪個角度拍攝，都呈現近乎完美的境界。

出天龍寺側門可以走到野宮神社，白色紙垂、注連繩掛在黑色鳥居上特別顯眼，此寺以締結良緣及金榜題名著稱，終年香火鼎盛，滿滿的香客都是年輕學生或戀人。過了野宮神社就進入幽靜的竹林隧道，高聳入天、綠意盎然，彷彿置身武俠小說祕境，發思古幽情。

眼看天色漸暗，趕緊往落柿舍趕去，這間簡樸到有點頹廢的小草庵內，種了四十多株柿子，我特別喜歡日本的柿子樹，一顆顆金黃的柿子像一盞盞小燈籠，充滿節慶的歡樂氣氛，柿子一旦落地，高大的柿子樹還是很美，瀟灑空寂不帶滄桑。

西元一六九一年松尾芭蕉也在這住過，落柿舍是他的十大弟子「向井去來」閒居之處，松尾芭蕉在此停留十七天，完成「嵯峨日記」，是這位俳聖的隨筆（散文）大作，也是他生前最後一部作品，描述一生的文學創作歷程；落柿舍先有向井去來，後有松尾芭蕉，已經變成嵐山文學聖地，落柿舍北邊還有向井去來的墳墓，詩人或旅人至此若詩

1.嵐山象徵之一：勤奮的車伕 2.落柿舍柿子樹

興大發，可以將作品投進落柿舍的竹製投函箱內，優秀的作品還會被選入文集。

我每次到嵐山都一定要繞到這裡，落柿舍休息得早，坐在人力車上朝裡頭瞧瞧，看看樹，看看傾斜的茅草屋頂、老舊襖門和竹籬笆就心滿意足。有一年秋天極冷，在舍旁店家小舖喝了一碗濃稠的紅豆湯，至今仍難忘浮在碗裡的麻糬，那股彈牙的Q勁應是來自農婦勤奮不懈的手勁。

趕完落柿舍看到地圖上還有常寂光寺、二尊院、祇王寺、化野念佛寺，只能望圖興歎，更不必奢望更遠的清涼寺與大覺寺；不得不回頭的我，卻在竹林隧道裡迷路，天色已晚，只有附近住戶騎的腳踏車透出微弱燈光，黑黑的竹林變得很恐怖，好像怎麼走也走不出去，皮包裡剛換的日幣也派不上用場，氣溫愈來愈低，我只好開始小跑步，繞來繞去終於「逃」出那片竹林時，已是滿身大汗，分不清究竟是冷汗還是熱汗？那是我的嵐山初體驗，後來再也不敢這樣趕路，以免流連忘返，就算一個人的旅行也不能太任性！

1.3.天龍寺「曹源池」 2.嵐山渡月橋

去嵐山有很多種走法，可以搭嵐電，或搭巴士到嵯峨野站換觀光小火車到龜岡站，沿著桂川欣賞保津峽風光；或者乾脆搭遊覽船在保津峽上泛舟，船伕撐著長長的竹竿搖櫓前進到渡月橋，沿途還有人彈三味線，川流激盪，水花四濺，鳥叫蟲鳴伴隨水聲琴音，是一種充滿速度感的「京體驗」，唯獨嵐山才有。

橫跨在桂川上的渡月橋是嵐山最著名的地標，由鎌倉時代龜山天皇命名，想當然耳，這裡從平安時代開始就是賞月名所，夏末秋初的京都白天依然鬱熱，選個明月當空的夜晚，在橋頭小駐或泛舟清賞，聽川水潺潺，暑氣全消。

隱者把這裡當作人間淨土，躲起來安靜度日；平安貴族視這裡為邁向彼岸的道路，如明月橫渡嵐山，美麗的事物總是令人迷惑，如置身幽玄竹林。五十一歲就病逝的松尾芭蕉最後俳句是「病榻旅途中夢想飛奔在荒野」，旅人若能看盡所有的繁華，也不枉山間明月、岸上清風，在這轉瞬成空的人世共度一回！

原載《人間福報・副刊》，二〇〇八年七月二十八日

東本願寺。

初次拜訪京都的朝聖者,三十三間堂是必遊之地,東本願寺應該也名列前茅,後者更因地利之便,一年四季到訪的遊客源源不絕,寺前烏丸通幾乎每天都停滿大型遊覽車,一部接著一部,頗為壯觀。

東本願寺是日本淨土真宗大谷派的大本山,建於西元一六〇二年,一八六四年大火災,一八九五年重建。大師堂(御影堂)是全世界最大的木造建築,非常氣派,門上飾有金色菊花大紋,華麗尊貴;堂內供奉淨土真宗的祖師「親鸞上人」(或親鸞聖人,一一七三至一二六二年)佛像,香火鼎盛,據說擁有超過一千萬的信徒,勢力龐大。

親鸞上人二十九歲前在延曆寺修行,三十五歲被剝奪僧籍帶妻修行,流放到現在的新潟縣,當時日本朝廷禁止專修念佛,所以他自認非僧非俗,首開日僧娶妻食肉之風,影響日本佛教界至今;他倡導「惡人正機」,意思是惡人也可以往生,何況善人,其實不是鼓勵世人為惡,但他晚年聽到自己的兒子善鸞弘法時,竟曲解原意,創出「造惡無礙」的邪說,毅然與他斷絕父子關係。

京都東本願寺前的蓮花噴泉

東本願寺最美的季節是秋天，寺前的烏丸通一入秋，就變成一大片銀杏地毯，天空是清澄澄的藍，樹梢是亮晃晃的金，背景是東本願寺素沉沉的黑，地上是厚甸甸的黃，細看則有紅色、橙色、金色、黃色、香檳色、鵝黃色、赭色、綠色，將各種顏色織成一幅炫麗的風景，名為「錦秋」。

後有高大壯碩的東本願寺為襯，前有燦如黃金的銀杏為伴，東本願寺的蓮華噴泉，對京都人已是一種象徵，最著名的傳說為釋迦牟尼誕生時，這裡曾盛開過蓮花。

每次到京都幾乎都會在東本願寺前來來回回經過，如果旅館靠近京都車站，建議吃完早餐的下一個行程前，先來這裡散步，東本願寺夠大，所以不怕人擠人，只有鴿子擠鴿子，走在碎石路上，看不怕生的鴿群大膽地飛向旅客，或停在娃娃車邊上恣意端詳白白胖胖的小主人，有趣極了！

不管東本願寺被大火焚燒過幾回，門前那座蓮花池永遠噴灑至福的甘露，逆著光，不斷不斷地湧出……

原載《人間福報‧副刊》，二〇〇八年十月二十日

落英繽紛。

幾次散步到真如堂都是隨意漫行，反而驚喜連連，是京都之旅的意外篇。這裡不但是紅葉名所，秋萩與銀杏也非常著名。有一年秋季數日陰雨綿綿，除了天氣惱人，眼看歸期在即仍拍不到理想的照片，難掩失落，撐著小傘信步在旅館附近走走，沒想到一走進真如堂就放晴，層層楓紅與五重塔相互掩映，美麗的陽光恣意奢侈地灑落在黑瓦白牆上，令悶得幾乎發霉的我忍不住雀躍狂喜，拿起相機拍個痛快。

真如堂並不大，是個尚未被外國旅人完全攻陷的景點，枯山水「涅槃之庭」因借景東山三十六峰，躋身京都名庭之一。我喜歡真如堂的「配置」，佔地雖小，寺院、庭園、高塔，錯落有致，各具特色又能互相呼應；更難得是這裡的花木不以數目眾多取勝，而以種類豐富引人，一年四季輪番上陣，絕不辜負花時。

另一年的春天重訪真如堂，入門右側一株盛開的山茶花，一朵一朵豔紅如血，繁密茂盛，遠觀幾乎看不見枝葉，像一束火炬燃燒在寧靜雪白的櫻海中，美得驚心動魄，彷彿春日最後的杜鵑泣血；樹下石階青苔蔓生如棋盤，落滿一地豔紅花瓣，陽光篩透樹影在地面作畫，用盡所有春天的顏色。

常去京都的旅人都知道他們的寺院終年整潔乾淨，最令我百思不解及佩服的是幾乎看不見有人清掃，既沒有骯髒污穢的工具，也沒有破壞情境的標語，窗明几淨不染塵埃。所以眼前這片花海，想必是特別留

給旅人的風景，一陣風一場雨就了無痕跡！請靜靜欣賞輕輕走過，千萬別踐踏這份心。

原載《人間福報‧副刊》，二〇〇八年八月二十五日

京都真如堂

櫻之夕顏。

那一天下午從高瀨川開始追著櫻花與陽光跑，隨著光線移動，一路追過三条大橋，再順鴨川往下，由祇園南座再回頭穿越四条大橋重返河原町通，剛好是一個跨在鴨川上的長方形。

長長的鴨川兩旁擠滿來自全世界的遊客，川床納涼席人聲鼎沸，遠方還有樂團演奏的聲音，櫻花與陽光都非常燦爛，太平盛世，歌舞昇平。

這種盛況據說常令京都人倍覺難堪，如此迎合外地客人的活動，「因為太簡單明瞭了，我個人羞於出入那種地方用餐，這種心情京都人會懂的。」出身京都西陣的散文家入江敦彥如此說。

其實我也挺怕湊熱鬧，去京都的次數數也數不清，至今也停留在橋上或兩畔觀望，從未近身鴨川川床，偶爾晚上散步去看看料亭裡華麗移動的藝伎身影和昏黃燈光就已足夠，心想下回也許找間鴨川畔旅館小住，春天、秋天怕人多吵雜，夏天太熱，冬天太冷，至今遲遲無法成行；每次在鴨川左岸先斗町通、木屋町通、河原町通逛來逛去，有時跑去右岸白川通、祇園遊來遊去，就是堅持和鴨川保持距離。有些京都人想盡辦法在自家庭院栽種一棵櫻花，恐怕也是希望能不受干擾靜靜欣賞。

保持一點距離才能多一點空間，盛開的櫻花樹下總是擠滿人群，取不到單純的風景。那天在陽光消散之前，最美的暮色裡，我拍到滿地的

櫻花雨，在惠比須橋旁一處沒有人注意的小巷轉角，留下稍縱即逝的
夕顏。

原載《人間福報．副刊》，二〇〇八年九月一日

京都白川通櫻花雨

椿神走過。

二〇〇八年春天，為了櫻花又飛了一趟京都，這次倒是一償夙願，追櫻成功！只是人滿為患的京都，旅館幾乎供不應求，其中有一天實在訂不到旅館，不得已只好將大行李暫寄，拎著一只「亡命天涯小包包」離開京都一晚，外宿滋賀縣琵琶湖畔，這趟意外之旅，卻看到更多更美的櫻花，還有日本人最愛的山茶。

當火車穿越京都盆地邊境的山林，眼前呈現完全不同的景致，好像從一幅精緻描金畫變成黑白版畫，充滿鄉間人家的平和安詳，很像回到臺灣的感覺。我在火車站拿到一份當地旅遊地圖，又搭了一小趟回頭火車，來到「坂本」，原本只是消磨時間隨意逛逛，沒想到意外發現這個小京都，在這裡有古老的建築，和善的居民，保留完整的老街，櫻花樹盛開在百年的石板小溪旁，小溪清澈見底，就連青苔也好像充滿生命，我常常被這種時間停格的錯覺誘惑，有時候就傻傻地蹲在小溪旁編織故事，幻想穿著白色狩衣的平安朝古人從身邊走過。

因為時間不夠，放棄比叡山延曆寺，就在山下走走，走著走著，一拐彎就看到滋賀院門跡前這片落花，午後陽光斜斜灑在白牆上，一朵一朵山茶像飄在水上的紅燭，忍不住屏息靜觀，等待陽光一寸一寸輕移。日本人區分山茶與椿是以落花的方式，茶花落時花瓣一片一片凋零，椿則一整朵一整朵掉落，在日本人心中，椿花落就像武士斷頭，壯烈榮耀，符合他們大和民族的悲劇美學。

小時候家裡也種茶花，我最喜歡純白的「十八學士」，碗大的白色花

朵，層層相疊的薄瓣，每當光線穿透，都會產生一種引人愛憐的嬌態，當時百思不解，為何這般美麗聖潔的花隔夜就生鏽落地呢？那種轉瞬的蒼涼，豈是年幼的我能理解呢？！

原載《人間福報·副刊》，二〇〇八年九月十五日

滋賀縣坂本滋賀院門跡前

仙客來了。

奈良午後，廊沿清幽，仙客來在風中怒放，陽光忽隱忽現，氣溫愈來愈低，忍不住飢寒，決定躲入店裡吃點東西，一進去才發現是家老房子改裝的麵舖，客人可以奢侈地坐在小院子前吃麵。

手打蕎麥麵果然勁道十足，熱呼呼的醬油清湯驅走料峭春寒，吃完麵捨不得走，又點了抹茶和麻糬，打算能賴多久就賴多久。

我不知道這棟房子夠不夠稱為町家，若能擁有一個小小的坪庭，此生足矣！我的舅公曾是三峽國小教務主任，他的日式宿舍就有一方坪庭，我最喜歡跑去找他聊天，現在回想起來實在不知道一老一少能聊什麼？應該就是迷上那個圍在籬笆內的小花園，這個小方塊既能幫助通風又能採光，四面（至少兩面）環著走廊，可以坐在廊沿上吹風納涼，下雨也不怕，還能散個小步，或將分隔內外的拉門打開，整個坪庭風光盡收眼底，馬上將戶外納入室內，何等巧妙！就算身居市街陋巷，人人都有一方風景可賞，何等奢侈！

這種小而美的坪庭，只需栽種幾株四季應景的主題花木，春櫻、秋楓、杜鵑、山茶不可少，襯以常綠松柏，其餘空間就可靈活運用盆景裝飾點綴，隨意搬動，間或移入室內欣賞，千變萬化。

號稱「盆花之后」的仙客來性好冰冷，不耐高溫，每日又需兩小時日照，從歐洲遠渡日本簡直來到天堂，在這樣燦爛的春日午後，與花對看，只要能在這裡小坐片刻，誰是仙誰是客都無所謂！友人父親退休

鎮日在家拈花惹草，早上將盆栽搬置院中一側，午後又移至另一側，
忙得不亦樂乎，起初友人母親看得眼花撩亂，久了也不再大驚小怪，
每天欣賞不同風景，也挺不賴。

原載《人間福報·副刊》，二○○八年十一月十日

奈良午後的仙客來

天光倒影。

春天的櫻花祭是旅人的一場豪賭，捉摸不定的櫻花前線令氣象局、旅行社隨時面臨挑戰，「花開了沒？」「花謝了沒？」期待、渴望、害怕、失落、遺憾……彷彿大自然還給人類的懲罰，若非是全球暖化如此嚴重，怎麼連位於赤道的肯亞夏天也會下雪？

除了氣候之外，還要賭天氣，沒有陽光就很難拍出好照片，何況下雨！有一回跟著導遊去日本東北，美麗的她說每次一遇到櫻花雨，客人都感動得熱淚盈眶，看著雨中一瓣一瓣落櫻，她的心痛得也會流淚，一想到臺灣還有兩、三團等著出發，恨不得用魔法把眼前這些花瓣全部黏回去，「我的心也在下櫻花雨，只是沒被你們發現……」。

哲學之道也曾是我很喜歡的景點，這幾年幾乎人滿為患，兩旁小商店愈開愈多，實在看不出如何還能在這裡沉思散步？或者哲學教授可以春、秋兩季休假，夏天、冬天再補課？也是個值得邊散步邊思考的問題。

旅伴也是旅行中的豪賭，即使親如夫妻、家人、戀人，也不一定是好旅伴，就像和不對味的人一起吃飯，即使山珍海味也食不下嚥；旅伴亦然，尤其出門在外，更需互相包容體諒，難怪有些情侶旅行一結束，戀情也同時告吹。

其實旅行中最後一把豪賭是自己，就像天光倒影，凡事都是自心的映照。有些日積月累的習性，到了陌生的環境就顯現無遺；有些魂縈夢繫的思念，到了遙遠的他鄉無所遁形；有些潛伏多年的渴望，到了新鮮的異地更想冒險犯難，這個時候只有自己管得了自己，無風不起浪，無心不起漣漪。

如果找不到好旅伴，不如自己一個人旅行，克服寂寞，寂寞就會與你為伴；如果找到好旅伴，這個人又剛好是戀人或家人，更要感謝上天垂憐，是這場豪賭的最大贏家。

原載《人間福報・副刊》，二〇〇八年九月二十二日

京都・哲學之道

尋找茂庵。

第一次在舒國治《門外漢的京都》書中，看到他筆下「全京都最特別」的一家咖啡店，打定主意一定要去「茂庵」。

後來又在 Milly《京都私路》見到數張茂庵的照片，她認為茂庵「座落的位置實在太好了」，讓我更加心動。終於在二○○八年春天行動，攤開地圖才發現這家常常令人迷路的店，位在落腳的吉田山莊旁邊，就排在吉田山麓一日遊的最後一站。

從山腳下的指示路標開始，一路都很「含蓄」，一不小心就會「視而不見」，看到 Milly 書中那幾隻可愛的貓咪出現時，慶幸沒有迷路，繼續往斜坡上爬，進入樹林，午後陽光已經開始消散，林間落葉層層堆疊，走著走著竟然看見一堆石碑，嚇得滿身大汗，趕緊回頭，才發現剛剛應該向右轉，不該懷疑茂庵真的躲在更深更密的林間，才會迷失在這麼近的途中！

踏入這棟木造百年建築，心中竟然忍不住悸動，陽光好像跳著圓舞曲，不斷由四面八方聚集，從咖啡杯流連到糖罐，移轉到酒杯時就順著圓弧杯口迴旋出金色波光，桌上玻璃杯內插著白色小雛菊，是我少女時代最愛的花朵，那時候流行一整把混著點點滿天星，彷彿一大朵白色星雲，走在毫不畏懼的青春路上。

坐在窗前的情侶悄悄耳語，並肩遠眺前方的京都塔、大文字山、吉田山麓一戶挨著一戶的屋簷，長得很像舒國治的老闆為鄰桌客人送上一

大杯生啤酒，白色泡沫冒著生鮮香氣，旅人舒緩地啜飲咖啡，夕陽無限好，俗世塵囂都隔離在遠遠的山腳下。

下山時那隻可愛的貓咪還在，聰明的貓兒還懂得換位置，移到左側路旁送客，牠瞇著眼睛，好像對我說：「下回別再迷路喔！」

原載《人間福報・副刊》，二〇〇八年十月二十七日

京都茂庵

空間之美。

有些日本旅館至今仍保留著百年前的傳統樣式，有些則做局部改裝，除了增加西式衛浴之外，基本上都會將最尊貴的「床之間」保留下來。

床之間（或稱為壁龕）位於整棟房子中心位置，是最上等的房間，從前用來供奉神明，或懸掛佛像，現在變成招待客人的客廳，為了表示歡迎尊敬之意，要讓主客坐在背對佛像或掛軸正前方的最上位；如果去日本人家中做客，甚至只是住進旅館，千萬別隨隨便便就把皮包或行李，往這個看起來空空的，卻無比尊貴的角落丟。

現在的床之間牆上多半懸掛畫軸，座上依然會放置過去為了供奉神明的香爐，只是改為迎客之用，淡淡馨香，不管來客幾分鐘前如何慌亂勞累，一進入這個空間，頓時就能安定心神。

這個小小的屋角，通常會比榻榻米高一些，其中還有一個不可或缺的主角就是花，有的放在香爐旁，有的掛在和畫軸相夾的另一面壁上，不論花器或花材，都講究是否當令，與京都人的食物一樣，以「旬」為上選。

我住過的傳統旅館中，京都「晴鴨樓」的床之間最原汁原味。秋天，掛軸是朱紅色的小菊花，水墨渲染，淡雅寫意；前方黑色漆盤上放著芥末黃蓮瓣香爐，香爐右後方立著木製燭臺，瘦長的白色蠟燭插在墨黑雕花銅座上，強烈對比；與水墨菊花遙遙相對的，則是一瓶掛在牆

上的紫色小菊和捲藤海老蔓。

站著從正面看去的床之間，四件作品將整個空間分配得靈巧均衡；坐下來用餐時，視線剛好停留在畫中的菊花枝叢；晚上躺在榻榻米上仰望，燭光中隱約可見菊花枝葉與藤蔓交纏掩映；更妙的是第二天醒來，站在衣櫃前又發現另一個角度，兩種菊花在同一個空間巧妙重疊，一古一今，一生一死，一虛一實，打破界線，美哪裡肯被束縛？

原載《人間福報·副刊》，二〇〇八年十一月十七日

京都晴鴨樓床の間

三十三間堂。

第一次到京都是為了參拜三十三間堂，冬陽凜列，三十三間堂裡眾佛寂靜，空氣幾乎凍結，瑟縮著身軀仰望一尊尊歷經歲月滄桑卻依然微笑如故的慈顏，頓時落下兩行熱淚，撫慰了漂流許久的靈魂，原來動亂後的寧靜竟是如此單純美好，一千零一座諸佛菩薩、龍天護法，無須飛天，不必行走，迢迢千里之外的旅人皆會來到祂們跟前，如遊子返家，瞬間洗淨滿身塵埃。

當時只是單純的朝聖之旅，卻從此與京都結下不解之緣，春天，臺北陽明山櫻花一開就蠢蠢欲動，秋風一起更是難忍血液裡的騷動，不知道是不是中了蠱，就是無法抗拒京都的引誘。

三十三間堂總是冷，無論春夏秋冬四季皆然！這座寺院的正式名稱為「蓮華王院」，建於西元一一六四年，當時全日本最好的佛像雕刻師都被徵召至此，共同完成一千零一座觀音像，其中又以正中間眼鑲水晶的「坐姿千手觀音」最有名，出自大師「湛慶」之手，已貴為日本國寶。這一千多尊的觀音像被安置在木柱隔間的三十三間大殿內，所以蓮華王院又稱為三十三間堂；大概因為這種長條形在日本寺院建築中較為少見，特別容易留下深刻印象。

買完拜觀料進入三十三間堂前一定得脫鞋，整齊有序的鞋櫃一樣乾淨得不染塵埃；長達一百二十公尺的殿堂若無日照，常是一片漆黑；另一方面也是為了保護千年佛像，更須避免強烈燈光，難怪三十三間堂總是冷，每次都覺得襪子再厚都不夠暖和。尤其秋天，這裡並非紅葉

名所，遊客不多，香客信徒分外虔誠靜默，稀疏的紅葉顯得分外孤單寂寞！迎著陣陣秋風在院外拍照，京都之旅既然從這裡開始，想數一數究竟來過幾次京都？數著數著冷到忍不住顫抖哆嗦，算了吧，記住當時的初發心就好，那兩行熱淚足以抵擋前半生所有的漂流荒亂。

原載《人間福報・副刊》，二○○八年十月六日

京都三十三間堂

屋頂花園。

常常出現在日劇的屋頂場景，通常代表對話兩人是同事關係，或兩人談話內容為不可告人的祕密，才會把鏡頭拉到少有人至的屋頂。

我很好奇，他們不敢跑太遠是不是怕被主管逮到上班摸魚，或者認為屋頂是最安全的密談場所？如果每個人都這樣想，豈不是一大群人都會在屋頂相遇？還是導演省錢偷懶，取幾個鳥瞰遠景加幾個人物表情特寫，就足以交代劇情？

以上都是我自己瞎猜，倒是日本百貨公司的頂樓常常令人驚喜，變成我的探險標的。應該也是礙於都會地狹人稠，百貨公司樓頂常會設置小型親子遊樂場，這些遊樂設施縮小尺寸後，遊客好像在小人國或模型屋裡遊歷。近幾年似乎很少看到親子同遊，反而常看到情侶或逃學蹺課的學生結伴遊蕩，充滿泡沫化後冷清蕭條的氣氛。

我比較喜歡另一種屋頂花園，在神戶三宮駅附近百貨公司樓頂，就發現這處植滿薰衣草、玫瑰、薔薇的花園，歐式玻璃花房，窗櫺白漆微微剝落，現出絲絲鐵鏽，玻璃永遠光可鑑人，幾張木椅已經被日曬雨淋褪回淺灰原色。逛累了可以上來這裡曬曬太陽，聞聞花香，花房旁是咖啡廳，喝喝下午茶或咖啡，隨意選擇戶外或室內，自己決定要看人或給人看。

神戶和京都是兩個完全不同的城市，神戶開埠得早，自有一種瀟灑氣質，這裡的食物最能反映民情，咖哩蛋包飯、紅茶、咖啡、洋菓子、

蛋糕、麵包，都充滿西洋異國風味。

有時候我會直接從地下美食街打點野餐食物，春天就吃櫻漬竹筍飯，
秋天松茸栗子炊飯，再加幾顆新鮮草莓、洋菓子，還有我最喜歡，臺
灣一直買不到的罐裝飲料「午後紅茶」，坐在屋頂花園裡，看著人來
人往，非常非常幸福地度過沒有祕密的下午。

原載《人間福報‧副刊》，二〇〇八年十月十三日

日本神戶

大原之氣。

去日本京都旅行的時候，三千院一直是個令我痛苦矛盾的選擇。為了走一趟洛北，幾乎得花掉一整天，實在很掙扎！為何這片「京都的鄉下」——大原，會這麼吸引人呢？

如果嵐山是平安朝貴族的冶遊之地，大原就是現代都會人的世外桃源。像我這種白天穿梭在臺北東區巷弄，晚上埋首書堆的一縷蒼白遊魂，來到這個充滿大地元氣、鮮活靈動的田野，身心頓時獲得療癒，只要看看山林、看看花草，走在田間小徑，彷彿重返孩提時代。

二○○七年秋天抵達時，忽晴忽雨，一把傘忽收忽放，十分忙碌，在路邊的人家看到這株芍藥，花瓣上還殘留著雨滴，就拍下這張陽光小雨捉迷藏的照片。我一直分不清牡丹與芍藥，書上說前者是木本，後者是草本，所以牡丹別名「木芍藥」，芍藥別名「草牡丹」，但我愚鈍不如老圃，想出另外一種比較容易的方法，只要記得「穀雨三朝看牡丹，立夏三秋觀芍藥」，凡是立夏五、六月之後開花的就是芍藥，除非全球暖化嚴重到亂了花季，任誰也無可奈何！

每次去洛北大原幾乎都是一路睡著去睡著回，去是因為早起，回是因為疲憊。古代的大原女每天要從山上走到京都市集販賣柴薪或木炭，頭頂三、四十公斤的木柴沿街叫賣，樸素的窄袖藍染和服，束著紅白相間的腰巾，天未亮就得出發，一日往返二十公里，讓她們隔幾天就不得不更換新草鞋。

那是一段多麼遙遠的路途啊！京都人喜歡窺看躲藏在白色手巾下，大
原女若隱若現的臉龐，雖無牡丹之富貴，必如芍藥之清麗，是大地之
氣的剪影，絕不是千百年後映在車窗上疲憊的睡臉！半夢半醒之際，
能這樣疲憊，不也是一種幸福！

原載《人間福報‧副刊》，二○○八年九月二十九日

京都三千院

花香相迎。

吉田山莊的茶屋「真古館」是個喝咖啡的好地方，暗色原木調的歐式洋風建築，讓整個空間像一件紙雕娃娃屋，置放在山莊右側，彷彿女人另一個祕密基地，難怪被戲稱是東京山手線貴婦的最愛。

我喜歡用完早餐後，先到院子裡散步，再移至茶屋喝咖啡，靠在散發溫潤光澤的椅背，撫摸滑順的扶手，每次都會幸福地閉上眼睛，這樣的桌椅一百年後也是這種感覺，時光因此駐停片刻，直到咖啡香味襲來才睜開雙眼。

淺藍泛白的六角形咖啡杯是女將中村京谷女士設計的傑作，在木屋裡顯得特別時髦年輕，這位身為音樂家的美人，多才多藝，還是一位和服達人，每年不定期在山莊裡教導日本人或遊客如何穿著和服，她說最難的是腰帶的搭配，可獨立為一門高深的學問，並建議我下次多留一點時間，她一定要搭配出一套最美最適合我的和服。那晚她的腰帶上繡的是櫻花花瓣飄落水面，捲成波浪的古典圖案，我在筆記本上寫「花筏」兩字，她看了眼睛為之一亮，像個小女孩一樣興奮，那種相知的喜悅，打破語言年齡的隔閡。

山莊裡的花也是她指導栽植、親手布置，茶屋裡的小桌花幾乎天天替換，四周如此靜穆，瓶中鮮花散發安詳幽微的光彩，無須流派，不識花名，旅人來了又走，卻相信不管何時再訪，永遠都有花香相迎。美麗的和服需要適宜的腰帶相襯，美麗的花需要舒適的空間綻放，人需

要自由的心靈遊走，有時候不要太計較誰是主角、誰是配角，能夠融為一體，才是最和諧的境界。

原載《人間福報・副刊》，二〇〇八年八月十八日

京都吉田山莊真古館

為你等待。

常有人問我如何兼顧寫作和珠寶設計兩種工作？兩者看似不相關，對我而言，卻是息息相連，不外乎求真、求善、求美。

在京都旅行，讓我的創作得到許多啟發與靈感，劉黎兒在她的《京都滿喫俱樂部》說：「凡夫俗子無須出家，到了京都古寺，自然能沾染一身禪意玄機回來，領悟出人生的優先順位與至寶在哪裡。因此日本人不論思考進退或愛情的選擇，都是到京都，古寺巡禮是能洗心，轉換自己固有僵化或腐蝕的價值觀、人生觀的！」不論寫作或珠寶設計，都需要禪意與玄機，在京都，唾手可得。

但我眼中的京都，最精采的是他們巧妙地融古於今，和那股不斷創新的精神，位在四條烏丸交叉點的「古今烏丸」，就是一個很好的例子。

這棟建築已有七十年歷史，由建築師隈研吾先生改建，整片外牆穿上大片綠底壓克力，上面印滿代表吉祥的「天平大雲」圖案，一朵朵源自唐紙的祥雲佔滿整片街面，只要看過一眼就絕對不會忘記，留下既古典又現代的深刻印象。

建築內的指標都不斷重覆這朵祥雲，大樓內共有九家飲食店、還有家具店、香舖、唐紙舖、歐風生活雜貨店，以及一家由京都精華大學策劃，兼具藝廊和販售設計作品的專門店。全館被包裝成足夠消磨一整天的複合式商場，最時尚的外觀，最新穎的設計，最古典的商品，在最傳統的京都。

每次來到這裡都嫌時間不夠，上一次去得晚，花店已打烊，美麗的花草依然安靜等待，休息的店家只在門前拉起一條細細的繩索，讓旅人依然可以靜靜自由欣賞，不必多說，就知道這個城市不分晝夜，一直都在為你等待。

創作的最高境界是不求自得，像擦掉鉛筆痕跡，渾然天成。

原載《人間福報・副刊》，二〇〇八年十一月三日

京都古今烏丸花店

夏日已遠。

《源氏物語》第三十七回「鈴蟲」，從盛夏時分六條院的荷葉田田寫起，已剃度的女三宮獻出西廂房改成佛堂，源氏出席這場法會，看到瘦弱的妻子雖貴為公主，也擠在人群中一起虔誠跪拜，心中不捨，就發願為她建造新佛堂，並祈求來世能在彼岸世界的蓮臺上和睦共生……因此荷花被日本人當成愛情的永恆誓言。

後來源氏捨不得女三宮搬離，就在六條院原女三宮寢殿的遊廊前，營造一片幽雅原野，十分適合出家僧尼居住，還命人捕捉許多昆蟲放置其中，甚為用心。八月十五中秋夜，源氏到此探望，女三宮在廊前誦念經文，源氏跟著低聲誦經，月夜中鈴蟲如搖鈴般的叫聲不絕於耳，深得源氏喜愛。與人私通生下一子的女三宮聞聲卻吟唱：「秋日淒涼更厭世，鈴蟲美聲難割捨。」透露心中的哀悽；源氏不忍，答和歌一首：

縱令厭世遁空門，
卻似鈴蟲鳴聲美。

源氏對內疚自責的女三宮又愛又憐，因為他也曾愛慕自己父皇的妃子，也有一名貴為皇子的私生子，同樣的命運，雙倍的痛苦！因緣果報，他選擇寬恕。

第三十七回結束在源氏迷離哀戚的琴聲中，站在天龍寺門前的荷塘，不知為何就想起這段情節，夏日已遠，昔人已逝，倒映水面的楓葉如

繁星點點，源氏物語最精采的就是四季遞嬗的場景，簡單幾個字，描述的也許是風景，也許是聲音，有時候是顏色，有時候是氣味，著墨不多卻意蘊深厚，反而激發讀者更多想像。

眼前這塘殘荷枯枝，褪盡豔色之後有如淡雅的水墨畫，楓葉因秋天早晚溫差遽變才轉紅，四季因此演化絢麗色彩，鈴蟲美聲是獻給夏日最後的戀曲，一再一再訴說愛情的永恆誓言。

原載《人間福報·副刊》，二〇〇八年九月八日

京都天龍寺外荷塘

吾心所願。

高中的時候每個週末都去梁丹丰老師家學畫，十七歲的少女，每天除讀書準備聯考，還要畫畫，夜夜不寐，一心想成為畫家。

梁老師的畫室有點老舊，為了突顯畫作或材料的顏色，畫室幾乎都漆成淺灰色，在那樣清冷蒼涼的場域中，色彩與熱情卻壯大到足以掩蓋一切，不管是精心布置的寫生、素描題材，或是畫完隨手擱置的花卉水果、瓶瓶罐罐，都散發神祕光暈，站在畫架前只想盡己所能，一筆一筆將這些美麗的事物留下，永遠永遠不要褪色。

後來這隻筆用來寫文章、畫珠寶設計圖，十七歲的夢遙如天邊寒星，總在深夜人靜時，閃呀閃地向我眨眼，一直到我開始去日本京都旅行，才得償所願。

雖然不是重拾畫筆，卻因愈來愈聰明的數位相機，讓我透過鏡頭重拾創作的喜悅，既然能在小小的戒指上大做文章，無懼一次又一次的挑戰，現在轉換成鏡頭，不也是在小小的芥子中窺見大千世界！

這一段追著櫻花、追著楓葉、追著陽光的旅程，充滿無限的挑戰與驚喜，有時正逢花開一瞬，至福的喜悅鋪天蓋地般湧現；有時早過花季，含苞待放的枝椏和旅人一樣也得乖乖等待；有時繁華落盡，只好相約明年再來。

那年在嵐山天龍寺，看到如花火綻放的嵯峨菊，纖細瘦弱的花瓣毫不

猶豫地怒張，為寒瑟的秋天燃起熊熊火焰。眼前的世界如此美好，記憶可以停格，因為在心上走過，永遠永遠不會褪色。

旅行是偶然的相遇，必然的別離，每個起點就是終點，每個終點都是下一個起點。不同的風景，不同的生命情境，卻在剎那間激盪出閃亮的智光，花開一瞬，當下就是幸福，吾心所願，一切無所畏懼。

原載《人間福報‧副刊》，二〇〇八年十一月二十四日

京都嵐山天龍寺

御献立。

御献立就是日文的菜單、菜譜，二○一三年聯合國教科文組織把「和食」列入世界非物質文化遺產，如果能夠了解日本料理的基礎及蘊藏在美食當中的豐富內涵，一定更能享受美食的奧妙。以下將簡單介紹十二種日本料理精華，主要是品名，上菜順序及內容各家不同，會視情況調整，不一定每道菜都有，請慢慢享用。

一、先付（先附）：

簡單說就是前菜、開胃菜，可避免空腹，與餐前酒一起享用。

位在京都北方的吉田山莊有一股其他旅館難以模仿的貴族氣息，低調華麗、優雅大器，料理也是一樣。

這道先付底層是無花果凍，就像吃無花果冰淇淋，一入口就溢滿香甜滋味，紅色的番茄、翠綠的海葡萄，一起放在泛著水霧的藍色水晶盤上，強烈的顏色一點都不違和，反而更能刺激食慾，是一道成功的前菜。這張照片後來被選為《綺麗京都》的封面，好多讀者以為那一顆顆透明晶瑩的眼淚是翡翠。是的，每一道用心做出來的料理，都像珠寶一樣閃閃發光，無比珍貴。

二、向付（向附）

生魚片、醋物、拌菜這三兄弟在日本料理的別稱，向付有時候只會出現生魚片。醋物就是把魚、貝類的生魚片加上蔬菜、水果等食材一起切絲或薄片，以醋調味涼拌。生魚片有時候也會搭配各種涼拌生菜，拌菜通常都是魚加蔬菜或者只用蔬菜。醋物和拌菜在平安朝末期曾被

視為同一種料理，現代的拌菜通常使用有黏性的什錦醬料來涼拌。

木乃婦這道向付將牡丹蝦加上夏天的京野菜，防風、紫蘇葉、紅蓼、寒天、蘿蔔絲等，香滑粘稠的蛋黃醋充分發揮和風美乃滋的作用，把所有食材的美味完全融合在一起。

三、八寸

下酒菜，料理手法不拘，但內容一定是當季的山珍搭配海味，以擺盤精巧且具季節感為特色。有時候會最先上桌，有時候在御椀之後。

八寸是茶聖千利休由京都八幡神宮供奉的八寸杉木方盒得到靈感，變成茶懷石的開胃菜，正式的八寸是長寬皆為八寸（各二十四公分）的杉木盒，右後方擺海鮮，左前方放山菜或五穀，漂亮的擺盤必須在木盒的對角線上把山珍與海味分別擺放在兩個直徑六公分的圓碟上，因為特別重視季節感，再與節慶結合，變成一道先用眼睛「吃」的心靈饗宴。因為每年不一定都能吃到同樣的旬食，也有一期一會，珍惜感恩食物的情懷。
現在的八寸已經擺脫傳統茶懷石的束縛，保留了名稱及意義，尺寸、擺盤都完全可以自由發揮，最能展現料理人的美學修養。

京都吉兆嵐山本店的八寸，翠綠的姑婆芋像保津川上的小船，承載著夏天的風物詩，每一道山珍海味都是精雕細琢的藝術品，味噌蝦、酢鮑魚、鯛魚捲、厚燒玉子、紅薯，湯匙上是香甜爽口的芝麻芋莖，鬼燈籠花裡還藏著祕密，如果錯過美味的鱧魚南蠻漬就太可惜。

四、造里（造身、刺身）

生魚片，是日本最引以為傲的料理。造身是指擺盤比較華麗的生魚

片，刺身是指不刻意裝飾的綜合生魚片。好吃的生魚片包括各種魚、蝦、貝、蟹等等，不管來自海洋或河川，野生或養殖，從打撈、捕獲開始到放血、保存、運送、清洗，接著就要看廚師用的刀子與刀功，最後搭配適當的醬油、山葵、鹽等醬汁，才能做出好的生魚片。

生魚片講究的順序是季節，是否為當令的食材？油脂是否肥美？然後才是種類與產地。如果能享用到油脂肥美的當季鮮魚，就能體會木乃婦三代目高橋拓兒形容生魚片的「醍醐味」。

即使不是名氣特別響亮的旅館或料亭，一般傳統料理旅館的生魚片也有一定的水準。位在錦市場附近的鴻臚館，重新裝潢後更舒適，生魚片擺盤平易近人，甜蝦、鯛魚、烏賊種類豐富，鮪魚乍看之下以為是牛肉骰子，一丁點，入口即化，像雪花一樣。

五、御椀（椀物、椀盛、煮物椀）

湯品，以水、昆布、柴魚熬煮萃取的高湯，搭配烹調過的當季魚貝類

吉田山莊的先付

或蔬菜，一起放入漆器木碗中，闔上蓋子保持溫度，與生魚片並列日本料理的精華，以清澈高雅為上品，風格細膩，最好在味覺還敏銳的時候趁熱食用。

椀物講究的是高湯，用日本得天獨厚的軟水放入耗時兩年才能完成的昆布熬煮到飄出昆布濃郁的香味後，撈出昆布轉大火，沸騰後熄火放入削成薄可透光的柴魚片，靜置十秒就將柴魚片過濾，過濾好的高湯會變成透明的金黃色，加入鹽或醬油調味，把烹調過的魚、貝、蔬菜加熱放入椀中擺盤，加入高湯後依季節擺上木芽、青柚子、黃柚子或

1. 木乃婦的向付 2. 京都吉兆嵐山本店的八寸

3. 鴻臚館的造身 4. 柊家的御椀 5. 柊家的四君子御椀

生薑細絲，當客人掀開蓋子，瞬間就會聞到充滿季節感的香氣，然後細細品嚐清雅深邃的高湯。

御椀的椀一定是木製的漆器，一方面可以減輕重量，一方面又可以鎖住溫度及香氣，更重要的還可以欣賞漆器的美麗。谷崎潤一郎在他的《陰翳禮讚》中描寫漆器湯椀的那段文字，堪稱古今一絕。柊家旅館深受三島由紀夫、川端康成等文學家的喜愛，除了服務讓人感覺賓至如歸之外，料理也是一流。椀蓋上是華麗的描金蒔繪蘭、竹、菊，翻開椀蓋紅、白、綠鮮豔的組合映入眼簾，充滿張力，好像要開始說故事，驚喜就在喝完湯的時候發生，原來豔紅如火的梅花就藏在椀底，這麼一來四君子就聚齊了。

六、燒物

將魚、蝦、蟹、肉、蔬菜沾上鹽、醬油、味琳醃漬燒烤。食材、器材的種類與火候的掌控非常重要，除了外表不能過度焦黑，還要保持魚或肉的鮮嫩多汁及香氣，也不是一道容易處理的料理。

香魚以植物性的苔藻為食，會散發類似西瓜或哈密瓜的香氣而得名，名列京都傳統料理旅館御三家榜首的俵屋，是一生至少要去體驗一次的旅館。他們家這道「鮎笹燒」是把剛剛烤好的香魚放在細細小小的竹葉上，鹽除了能逼出香魚的美味之外，在燒烤前抹上適量的鹽也是防止香魚燒焦並保持漂亮外形的法寶，熱乎乎的香魚伴隨淡淡的竹葉清香，色、香、味俱全，配一點山椒、伏見唐辛子、茗荷，苦後回甘的滋味令人難忘。

七、揚物（油物、炸物）

簡單說就是炸的天麩羅，這道料理一直到江戶時代才完全被日本人接受，現在與壽司齊名，尤其在外國人的心目中，幾乎已經變成日本料理的代表。

炸物要非常注意掌握時間，在將麵衣油炸成金黃色的過程中，同時要把封在裡面的食材利用高溫熱傳導，將本身的水分慢慢升溫，等於把躲在麵衣裡的食材蒸煮，如果時間火候控制得宜，就會炸出外酥內軟，原汁原味的美食。

下鴨茶寮的揚物「鯛魚奉書」是一道令人驚豔的料理，包在外面的不是「麵衣」而是豆腐皮（腐竹），薄如蟬翼，從金黃色的外表都可以隱約透出鯛魚、紫蘇葉的顏色，一整片咬下去酥脆無比，鯛魚卻是柔軟多汁，兩種口感在口中撞擊，非常痛快過癮。

八、焚合（煮物、溫物）

所謂的焚合就是燉菜，用水、高湯、調味料將食材鮮味慢慢熬煮出來，有時候會將數種分別熬煮過的食材組合在一起。

在各種煮物當中，我想介紹一道台灣比較少見的「柳川鍋」。

第一次吃到柳川鍋是在嵐山的廣川鰻魚飯，上菜時淺陶鍋最上層半熟的蛋汁仍未凝結，下層是煮滾的薄片牛蒡與去骨泥鰍，（如果把泥鰍換成鰻魚就叫柳川風），吃的時候拌一下，撒點山椒粉，在揮汗如雨的炎炎夏日，可以補充流失的蛋白質，幫助恢復精神與體力。

九、蒸物

將食材蒸熟的料理。蒸是利用水蒸氣的熱能讓食材快速熟透，又能保

1.俵屋的燒物 2.下鴨茶寮的揚物

3.川上的強肴 4.廣川的煮物 5.玉半的蒸物

6-7.露庵菊乃井的御飯

8.虹夕諾雅星野嵐山的水菓子

持柔軟、濕潤的狀態，有時候為了美觀或增添味道，會在蒸完之後再淋上醬汁或勾芡。

玉半的料理也是獨樹一格，可惜原來的主廚已經退休，這道蒸物還是看得出玉半的功力，厚薄適中的冬瓜溫潤如玉，底下藏著一片炙烤過的鰻魚，華麗的金黃色勾芡，搭配細膩優雅的白瓷，完美組合。

十、強肴（進肴、追肴）

勸君更進一杯酒的下酒菜，不一定每次都會出現，主要是客人若還想繼續喝酒，才會出這道下酒菜提高酒興。大部份是採用魚、貝類的肉或內臟醃漬為醋物，裝在小缽內，可以配酒並幫助消化。

川上是隱藏在祇園巷內的一家小店，也是識途老馬或在地人才會去的割烹料理，我們去的那天旁邊就坐著一位穿著和服的媽媽桑，全身上下都是珠寶，在京都很少看到這麼不低調的人，而且整晚和老闆談笑風生，也是一段難忘的回憶。旅日作家劉黎兒就特別喜歡老闆松井新七先生的信念「親切、鮮度與 sense」，我也是看了黎兒學姊的《京都滿喫俱樂部》才知道名指揮家小澤征爾父子、作家井上靖都是川上的座上客。

那天川上的強肴是烤得熱騰騰香噴噴的白子，不腥不膩，淋上酸酸的檸檬汁，再加上川上的氣氛，可以再乾一杯。

十一、御飯（食事）

包括飯、止椀（留椀、汁）和香物（醃菜或漬物），高橋拓兒形容這三道料理是「最小巧的日本料理三神器」。止椀和香物是襯托米飯的左

右手，只要有這三道菜就足夠提供身體需要的營養素，所以被稱為最小巧的日本料理。這三種食物還有一個共通性，就是每個地區都會因為天氣、地形、氣候、風土民情生產不同的米，然後搭配不同的味噌、漬物，彷彿來自出生地的鄉愁。

止椀（留椀）意思就是到此為止，通常都是味噌湯，但是我在露庵菊乃井喝到的止椀竟然是紅蘿蔔湯，裡面還有一塊豆皮豆腐，撒上豪邁的黑胡椒，像法式的冷湯，細膩爽口。更豪邁的是那一鍋御飯，鋪滿鮭魚子、海苔和鴨兒芹，誠意滿滿。那一大鍋飯當然沒辦法吃完，露庵的老闆村田喜治先生非常親切地幫我們做成飯糰，幸福百分百。

十二、水菓子（包含水物及菓物）

水物（果物）通常是當季的水果。菓物（菓子）就是甜點或甘味，比較講究的餐廳也會準備代表季節的點心並搭配抹茶或餐後茶。

虹夕諾雅嵐山就是星野嵐山，他們家的料理精神是「五味自在」。這道水菓子設計得非常成功，一上桌就引來驚呼連連，透明的蘋果玻璃皿實在很可愛，可以先吃完樓上的甜點再打開罩子吃樓下的水果，或者先移開罩子吃水果，兩種順序都可以。日本料理常常先吃甜點再吃水果，若擔心水果因此就不夠甜，茶在這個節骨眼就很重要，可以隔開甜點的味道。有些料亭會安排又濃又苦的抹茶，搭配甜點剛剛好，最後再享用清爽的當季水果，也是人生一大樂事。

花鳥風月嵐山吉兆。

渡月橋終於慢慢安靜下來，熙來攘往的旅客、笑聲響亮的學生，終於漸漸散去，我們一群人在大堰川旁，從黃昏坐到日落，香檳杯上凝結的水滴也一寸一寸染上夜色。剛泡完翠嵐旅館溫潤的美人湯，我們先聚集在川畔小歇，清風徐徐陣陣吹來，一艘又一艘的小船紛紛停靠碼頭。喝完餐前酒，一行人興致高昂地散步到隔壁京都吉兆嵐山本店，開啟今晚的盛宴。

關於京都吉兆嵐山本店，有幾則作家的小故事頗有意思。一是吳燕玲女士在她的《京都美食 ABC》寫道：

「我造訪嵐山吉兆時正值櫻花季，進入個室後，看到窗外美麗的櫻花，服務的女中看我拿著相機猛拍照，二話不說，乾脆把紙窗拆下來，讓我盡情拍個夠！」

這樣的服務態度，著實令人折服。

另外一則是我的同學梁旅珠女士，她在《究極の宿──日本名宿 50選》中描述：

「我們於傍晚搭船前往（京都吉兆嵐山本店）用餐，再由旅館（虹夕諾雅京都）開車接回，回程在暗夜中體會了如雲霄飛車般驚險的川畔便道，提心吊膽地回到旅館時，大家都忍不住為司機的技術拍手歡呼。」

表示嵐山吉兆的料理值得深夜飛車。

料理鐵人總企劃小山薰堂先生，現在也是京都下鴨茶寮的亭主，他在
《一食入魂》書中把京都吉兆嵐山本店分類在「招待重要人物，心意
滿分的餐廳」。他說「嵐山吉兆的料理就是一邊確認自己的味覺，一
邊繃緊神經的美食挑戰」。這句話真傳神，因為年年拿下米其林三星
的嵐山吉兆，每天迎接的幾乎都是來自世界各地的老饕，不論是恩客
或慕名而來的一見客，都要達到食客心目中不同層次的高標；相對

京都嵐山吉兆本店

的，也考驗磨刀霍霍的食客。

雖是高手過招，也不必太過嚴肅，畢竟這個餐廳又貴又難訂，也不是想來就能來的地方，美食、美景當前，還是放輕鬆好好享受比較重要。

亮如鏡面的黑漆長桌倒映竹紙燈影，親切俐落的女中一個一個行雲流水般進出，每位客人都有一份體貼的英日文菜單，綠色菊瓣小皿中一抹開胃小菜如花心綻放，對稱一只朱漆小碟迎賓酒，嵐山吉兆一開場就把日本料理最重要的三個元素自然呈現，那就是美味、器皿與氛圍。

先上煮物椀，華麗無比的描金蒔繪漆椀裏，當令的嫩白鱧魚、綠色三度豆，微酸的梅肉高湯再撒上清香的柚子粉，開胃消暑。

生魚片則是代表夏天涼爽感的白肉鱸魚，緊實帶勁，搭配淺淺劃出刀紋的鮪魚大腹，入口即化，一收一放，層次分明，在最短的時間內挑戰舌尖的兩極感受，魚肉處理得相當好，香味四溢，對於愛吃生魚片的台灣人而言，完美達陣；一旁墨綠色的海帶漬還奢侈地綴上金箔。當大家認真討論金箔到底是什麼味道時，突然聽到我的室友驚呼：「我怎麼沒有金箔？」原來她不吃生食，所以菜色特別換過，一旁伺候的女中二話不說，也不管是不是菜單內容原本就不一樣，不慌不忙趕緊去廚房取來金箔補上，化解一場虛驚。

小小插曲之後燈光突然變暗，我心想：「來了，傳說中如巨星登場，戲劇效果十足的八寸終於要登場。」

黑暗中三盞燭光微微發亮，花團錦簇的八寸環著一大盆鮮花，像百花盛開的噴泉花園，女中再將一盤盤八寸分送給大家，每一盤花型陶缽又是一座小花園，酢味鮑魚、味噌蝦、鱧魚南蠻漬、鯛魚海苔捲、芝麻醬芋莖、厚燒玉子，高高低低層層疊疊，都不知道從哪下箸？更神奇的是近看才知道那薄如和紙捲成的「蠟燭」竟是大根（白蘿蔔），細緻的纖維如水面波紋在燭光中搖曳生姿，再次把食材、刀功、擺盤、創意完美結合，令人讚嘆。

隨著八寸大陣仗登場的服務人員中，有一位身穿白色圍裙，氣質特別出眾的美女，像隻白蝴蝶翩翩降臨，是第三代目女將德岡夫人。只見她笑臉盈盈地與其他同事一起工作，就像隱藏在圍裙下的和服，低調優雅。

華麗轉身後是一綠一黃銀杏炸串搭配嵐山吉兆著名的鹽燒金目鯛，銀杏（白果）微微的苦味引出金目鯛的甘醇，小小的、少少的一道菜置於半白半赭的竹葉陶盤，卻是味覺與視覺的雙重享受，嵐山吉兆的鹽燒手法果然名不虛傳。接著扮演轉換口腔味道的箸休也很精彩，如寶石般一顆一顆閃閃發亮的鮭魚卵，幾顆翠綠毛豆、撒上深綠海苔絲，放在又像花瓣又像貝殼的深皿中，彷彿藏在深海的寶藏等待挖掘。清完口腔的記憶，下一道焚合的賀茂茄子、南瓜、小芋、萬願寺小辣椒就不怕沒味道，吃起來鮮甜無比、淡而有味。

接下來就是要比「肚量」的御飯了，嵐山吉兆用盲選的方法挑出大阪府生產的 KINUMUSUME 品種米，做出蒲燒鰻牛蒡拌飯，還有我最愛的鍋巴，最後又端出撐死也要嚐上一口的白飯，那用鐵鍋炊煮到粒粒分明、晶瑩剔透、芳香四溢的白飯配上香物好吃到靈魂會出竅，難怪小山薰堂曾在嵐山吉兆吃過只淋上雞蛋、特製醬油、撒上柴魚片、

海苔的雞蛋拌飯，竟然好吃到令他目瞪口呆。

這其中當然有很大的學問，除了百中選一的好米之外，嵐山吉兆第三代目德岡邦夫是吉兆創始人湯木貞一的外孫，他從父親德岡孝二手上接掌本店後，特別喜歡研究味噌、醬油的調味，不斷創新菜色，並打破京都料亭不接生客的傳統習慣，被譽為果敢的繼承人。

酒足飯飽後送上菓物，新鮮的無花果、哈密瓜、葡萄、芒果放在冰鎮

嵐山吉兆庭園

過泛著水氣的小銀盤，再淋上嵐山吉兆自調的醬汁，中和甜度，更顯美味。最後以抹茶、蕨餅和果子做為今夜完美的句點。美麗的蝴蝶女將再度飛來，忙了一整晚還要一邊與客人合照一邊殷勤送客，真不容易。

一九三〇年（昭和五年）湯木貞一先生於大阪創業，一九九一年設立京都吉兆嵐山本店。湯木貞一與北大路魯山人這對好友對日本料理的創新與改革都貢獻卓越，北大路魯山人出生京都，湯木貞一雖然出生神戶，卻更能客觀地欣賞京都文化，汲取精華後再創造出獨特的料理。湯木的茶道造詣很深，常年思考茶道與料理的關係，他的愛好與興趣直接體現在吉兆的懷石料理，吉兆使用的器皿、茶碗甚至有江戶時代的古董，也特別注重季節、庭園、裝潢、擺盤與服務人員的素質，用一期一會的精神探求美味的極致。一九六一年東京吉兆分店正式開張，一九六九年湯木開始在《生活手帖》（暮しの手帖）寫有關吉兆的連載，這本雜誌就是日本 NHK 二〇一六年最受歡迎的晨間劇「姊姊當家」的背景故事；吉兆越來越受歡迎，店也越開越多，只要

1.八寸　2.燒物鹽燒金目鯛

從吉兆出去開店的徒子徒孫都有一定的評價。

湯木貞一把他打下的帝國分給一子四女,長子「本吉兆」、長女「東京吉兆」、次女「京都吉兆」、三女「船場吉兆」、四女「神戶吉兆」,當中就數三女的船場吉兆最不爭氣,二〇〇八年爆發用九州牛冒充但馬牛事件,之後又被發現將客人沒吃過的料理重新擺盤直接轉移給下一位客人享用的回收事件,連續兩次重擊,船場吉兆只好宣告永久歇業,讓老父打下的金字招牌蒙羞。

如果不是非要體驗有如舞台效果的八寸登場,我建議不妨預訂嵐山本店或松花堂店的午餐,除了費用可以稍微減少之外,最重要的是白天反而可以欣賞四季庭園風景。

我的吉兆初體驗就是在嵐山本店的初夏午後,窗外草木扶疏,遠山近景一片綠蔭,整個空間讓人五感滿足,完全融合料理之味、料亭之味與人之味,就像在嵐山山腳下野宴,愉悅的過程令人感動,用完餐大家到庭院散步、拍照留影,依依不捨,餘韻裊裊。

松花堂店的便當午餐則是我的下一個目標,松花堂便當是指中央十字隔開,邊緣加高,覆上蓋子的便當。松花堂便當和湯木貞一先生可是關係匪淺,絕對要親自體驗一番。

話說京都石清水八幡宮的瀧本坊住持,名叫松花堂昭乘,擅長書法、和歌、繪畫,特別喜歡隔成四等份的盒子,菸草盒、繪具盒通通都把它隔成「四分盒」。昭和八年湯木貞一先生去拜訪松花堂昭乘時看到他的四分盒,馬上聯想到也許能拿來當作分隔料理的容器,聰明的湯木把盒子的面積縮小、邊緣加高,如此一來,茶會時四分盒就能當成

點心盒；若將白飯、燉菜、燒烤、生魚片隔開，不但更能突顯食物各自的味道，也能發揮擺盤的功用，將美味與美學濃縮在一個小小的便當盒當之內，於是「松花堂便當」就誕生了，為此湯木貞一先生還獲頒天皇「紫授褒章」，是日本第一位以料理人身份被尊為「文化功勞者」。

松花堂便當現在已經變成日本便當文化的代表，有機會的話一定到創始店試試。

除了開創松花堂便當，留給子女十七家餐廳、四個吉兆集團之外，湯木貞一先生還留下一個「湯木美術館」，將他生前私人收藏了五十多年的愛好變成日本傳統文化的保存。這家位於大阪御堂筋附近的美術館主要展示茶懷石器具和古代美術品，我最想看志野茶碗和織部四方手缽。我總覺得這位活到將近百歲的料理奇人那麼勇敢地開創事業，後代子孫也大都能繼承家業，保持對料理的熱情與堅持，應該和湯木先生喜愛收藏藝術品有關。川端康成的小說《千羽鶴》，男主角菊治少爺的父親菊治老爺是位茶道大師，故事情節中不斷出現與茶道有關的器皿，如菊治老爺生前常用的黑色織部茶碗，還有情婦太田夫人女兒文子送給的菊治少爺志野瓷水罐（應該是茶道中用來放廢水的建水），這個的小水罐可能太小，常常被太田夫人拿來插花，川端康成形容這個白釉面上隱隱泛出紅色的瓶子「柔潤得像夢幻中的女人似的……」。

小說最後出現文子送給菊治少爺的一對瓷碗，一只是太田夫人生前（她在書中出現不久後也死了）用來喝茶的的志野瓷小茶杯，一只是菊治老爺的唐津瓷碗。

這對瓷碗間接說明菊治老爺曾經和太田夫人一起度過的美好時光，甚至連出遠門也帶著（可能也把文子小姐一起帶上，像一家人出遊？）

這只志野瓷小茶杯的白釉碗口紋路上略帶一點茶色與隱隱的紅色，菊治少爺猜想那應該是太田夫人唇吻的地方，又似褪色的口紅……。

文子一直想摔破這只小茶杯，菊治少爺捨不得，說這個茶碗是志野古窯，大概有三、四百年的歷史，當年也許是酒器，既不是飯碗也不是茶杯，只是後來被古人拿去當茶杯使用，說不定還有人放在茶箱裡帶到遠處去旅行。小說要留給讀者自己慢慢讀，但川端康成的筆下功夫實在了得，人性情慾的眷戀糾葛，藉幾件茶器的流轉更迭，不著痕跡的一一顯露。

這也是我這幾年去日本旅行，出入這些高級料亭的深刻體悟，猶如川

1. 果物　2. 抹茶與蕨餅

端康成的文字，看似輕描淡寫，卻是暗潮洶湧；這些料亭的繼承人，也是一代一代看似雲淡風輕，卻是日日夜夜努力不懈的修煉。

那些花鳥風月，那些金風玉露，都像裝在松花堂便當裡的夢，春日的落櫻、夏天的流水、秋月的皎潔、冬陽的溫暖，都在小小的四方格裡相遇。

最後還有一個小故事，聽說北大路魯山人很喜歡京都吉兆嵐山本店的料理，每次吃完飯就拍拍屁股走人。過段時間湯木貞一先生就會收到北大路魯山人親自燒製的器皿當成回禮，這些散發著惺惺相惜氣味的器皿都被吉兆好好保留著，也許哪一天我們也會像夢一樣在京都與它們相遇。

嵐山吉兆茶杯

風采一流木乃婦。

幽靜濕潤的石疊小路，走廊盡頭有人候在那裡等著服務，坐在紅色軟墊上換鞋，眼光忍不住被牆上的畫吸引。白雪皚皚的富士山背後一片銀藍，前景是一片櫻樹枯枝，寧靜安詳，是以描繪日本四季風景聞名，畫家中村宗弘的作品。矮桌上擺著高橋拓兒的日文原著「十解日本料理」，那是二〇一四年的冬夜，我們第一次拜訪木乃婦。

相對於京都到處都是數百年歷史的傳統料亭，創業於昭和十年（西元一九三五年）的木乃婦只有八十幾歲，還算年輕。長相俊秀的第三代目高橋拓兒先生有張高顏值娃娃臉，看不出已經進入日本料理界二十幾年。

二〇一三年台灣麥浩斯出版了高橋拓兒的《十解日本料理》，副標是「給美食家的和食入門書」，我覺得這本書應該列為料理人必讀之書，不僅日本料理的廚師要看，只要是料理人或對料理有興趣的人都應該仔細拜讀。這絕對不是一本簡單的入門書，就像木乃婦款待客人的料理，背後蘊藏了深厚的飲食文化，還有一種對料理的熱愛、對人事物的尊重。在木乃婦用餐完全可以體會到一流的料理風采。

高橋拓兒身為京都懷石料理「木乃婦」第三代傳人，大學畢業後前往「東京吉兆」當學徒，他的師父就是吉兆創業者湯木貞一先生。高齡九十多歲的湯木老師傅生前每個月都會到東京兩周，高橋就負責打理老師傅的早餐，午餐和晚餐則跟著老師傅到吉兆當時四個分店品嚐懷石料理（應該是試吃兼品管），這種際遇實在令人羨慕。

五年後高橋回到京都繼承家業，考上侍酒師，還在京都大學農業研究

所讀碩士，也擔任 NHK 節目「今日料理」的講師，種種努力，終於在二○一七年為木乃婦摘下米其林一星。

我們被引到的二樓包廂用餐，一張大紅桌在間接照明的燈光下隱隱發光，竹編的天花板，壁龕上小巧的鮮花，我們就像走進一幅畫，一起等待一場即將展開的盛宴。

當晚的餐好吃到令人泫然欲泣，真的可以用這麼誇張的形容詞喔，是一場從頭到尾，從裡到外淋漓盡致的演出，透過每個細節，高橋真的讓客人享受到日本料理帶來的愉悅，將美味發揮到極致。

食物的美味有很多層次，能好好煮碗麵或下盤水餃也是功夫。在木乃婦用餐最讓我感動是親身體會高橋在書中所寫的一切，完全融入在用餐時刻。

例如他說器皿是享用日本料理獨特的樂趣之一，不但能烘托季節感，也包含了款待者的心意。同一份菜單不能重複使用同種類的器皿，除了御椀（漆器）之外，瓷器與陶器大約各占一半，華麗精緻的瓷器與孤苦寂寥的陶器運用絕妙比例就能呈現搭配的藝術。菜單決定之後就要開始選擇器皿，十道菜當中至少要有三道菜一定要用特別的器皿來展現魅力，其他的器皿就隨著這三個主角再挑選搭配。

器皿對高橋家而言，象徵家業的繼承。木乃婦的開創者是高橋的祖父，在京都以外送便當起家，高橋的爸爸是二代目，

作者夫婦 2014 年與高橋拓兒的合照

除了繼續外賣便當也開始經營料亭，進行改裝客室、研究菜單、培養人才、製作器皿等等工程，高橋拓兒身為第三代目更是發揚光大，他跟父親一樣熱愛古董，至於挑選器皿的眼光則是跟在東京吉兆湯木貞一老師傅身邊練就，當時高橋接觸到的都是一時之選的精品，這種千載難逢的經驗讓高橋對器皿的品味更上層樓，現在木乃婦的器皿都是由高橋一套一套研究訂製。我心目中的前三名是山吹黃綠盤紋九谷燒方繪皿，上置橘色松葉蟹殼，掀開蟹殼，另一個殼內裝著滿滿的蟹腳高湯凍，四周隨意撒落松枝，瀟灑恣意。

第二名和第三名都是生魚片。當時雖然是十二月的冬天，但兩道生魚片都好看又好吃。

一是嫩如春櫻、油花似雪的鮪魚大腹，依偎在描金蒔繪黑漆盤上，像微醺的初戀少女，雙頰酡紅，無限嬌羞。

另一道比目魚向付則比照河豚生魚片的擺盤方式出場，每一片都薄可透光，盤子上大大的福字清晰可見，邊上還有一尾牡丹蝦，沾著甜中帶酸的明太子大口享用，痛快無比。

除了食材、器皿需搭配季節之外，高橋也特別堅持掛軸與花卉。他的祖父喜愛日本畫，鍾愛竹內栖鳳、橋本關雪、堂本印堂等大師之作，傳到第三代，現在都是由高橋拓兒來決定每個房間壁龕的掛軸，再委託京都老鋪「花政」設計花卉，除了房間內的掛軸與花卉要平衡搭配之外，玄關、大廳、走廊、洗手間，都會擺上鮮花，夏天甚至每天更換，因為高橋覺得鮮花對料亭而言非常重要。他認為料亭與茶道不同，壁龕的掛軸與花卉不能喧賓奪主，隨性所至、柔和朦朧的氛圍才是他要的感覺。

這一切的一切，都是款待的心意。也是歷經三代家學、美學的傳承。

木乃婦

也許有人會覺得不過吃頓飯，需要這麼大費周章嗎？大費周章不打緊，怕只怕看不出來人家費的是什麼周章？那才真的是浪費。

用完餐高橋拓兒等在一樓送客，我請他為中文版的《十解日本料理》簽名，並送他我的《綺麗京都》，高橋拓兒長得有點像日版的林志穎，白皙的皮膚襯著臥蠶黑眼圈，笑起來十分靦腆，我問他來過台灣嗎？他說非常期待能來台灣一遊並品嚐美食，我當下有點慌，心想若真來台灣要帶他去哪吃東西呢？好吃的東西肯定有，但環境呢？

二〇一七年的初夏，終於重訪木乃婦，掛畫的雪景換成鳶尾花，高橋又出了一本《和食之道》。這次安排大夥坐在氣派的大包廂，而且是六人一組的小圓桌，天花板的燈飾是扇型連續圖案，線條優美。因為同行的團員剛好有人過生日，我們還沾光喝了祝壽金箔酒，赤飯，連最後的御飯都是鯛御飯，木乃婦十足誠意，我們十分幸運。

這些細節都可以在訂餐時事先請料亭安排，高橋在書中也寫過，料亭最喜歡「恩客」，因為料亭少了恩客就很難生存，即使生存下來也很難經營。所以第二次預約時可以主動告知前次曾於何時拜訪，這次也希望能多多照顧，從第二次開始你就是這家料亭的恩客了！

讓料亭知道恩客來訪有什麼好處？除了服務更親切之外，即使同樣的季節一定會變換菜色。那麼木乃婦這次為恩客準備什麼佳餚呢？

大概是因為有長者過六十大壽，這次的器皿餐具特別隆重，筷子特別放在金銀雙色絲線「水引」祝壽繩結的箸袋中（可以當成禮物帶走），連酒瓶都紮上漂亮的松竹梅，喜氣洋洋。

第一道八寸放在黑色描金葫蘆高腳漆器內，全部是當令的季節食物，

粉紅色的鮪魚大腹生魚片、蝦、毛豆、楊梅、南瓜凍什錦拼盤，點綴小葉楓、菖蒲葉，五彩繽紛，好不熱鬧。

第二道造身是鯛、竹莢魚、烏賊生魚片。造身是指擺盤比較華麗的生魚片。這造身的器皿馬上跳調，是帶有冰裂紋及粗獷筆觸的手拉胚陶皿，竹莢魚的銀色魚皮閃閃發光，而且一點腥味都沒有，烏賊也讓廚師的刀功得以充分發揮。

第三道御椀是海老真丈，綠色的冬瓜皮雕成波浪紋，一邊是深咖啡色的厚片香菇，一邊是白泡泡幼綿綿的蝦薯丸子，再輕輕鋪上一片嫩綠的山芽，素淨淡雅，一如高湯的顏色，一入口卻是芳香撲鼻。

第四道酢物又來顛覆我們的味覺，鳥尾蛤、鮭魚和綠蘆筍的組合酸中帶甜，非常爽口。

第五道炸物有白魚、腐竹蝦、青椒和可愛的玉米粒，香脆可口帶點童趣。

第六道是木乃婦的名物魚翅胡麻豆腐，雖然是中華料理卻一點都不違和。打開赭紅色熱乎乎的小陶鍋，一片純白的芝麻豆腐浮在冒泡的高湯中，濃郁的湯汁由金華火腿、老母雞、昆布、伏見酒熬製而成，吸足所有味道的精華，原本以為會入口即化的豆腐卻是咬勁十足，反而是魚翅炖到柔軟無比，這種手法實在高明。

接著的御飯託壽星之福，還有一片烤鯛魚，已經酒足飯飽的我們再舉杯為壽星慶賀，甜點的草莓葡萄柚果凍、香草冰淇淋，也好吃到大家讚不絕口，真是普天同慶、雨露均霑。

一席壽宴吃到夜深才盡，怎麼還沒看到我的帥哥拓兒？只見拓兒的媽

媽女將出來送客，就在臨別之際，拓兒終於出現了，一樣的白皮膚、臥蠶黑眼圈，一樣害羞靦腆，大家又紛紛回頭搶著與他拍照，開心得捨不得結束。

木乃婦讓我再度確認在這個世界真的有人窮一生之力去做好一件事情，去營造一個願意與人分享的國度。

拓兒說當料理超越一定程度的美味時，便不再存有絕對的美味，而是相對的美味。我完全贊同，這個世界很多事都不是絕對而是相對，美食、財富、幸福、快樂、等等都是，鐘鼎山林、青菜豆腐各有所愛，只有當下體會到的才是真實。

所以米其林的評比也不是絕對，只是相對的參考。又或者同樣一家餐廳、同樣一套餐，和不同人一起享用，感受又不同。即使是自己不也是千變萬化的心境？

我認為高橋拓兒潛力無窮，因為他的料理飽含熱情，兼具感性與創意。他們一家人就住在料亭三樓，拓兒小時候以為只要是飯就一定好吃，每天只看到祖父、父親累到半夜倒頭就睡的身影，對料理也沒特別有興趣，雖然出身在這樣的家庭，身為接班人，他還願意出去當學徒接受磨練。每

當木乃婦有新員工加入，拓兒會送給他們一張木乃婦的規章當作勉勵，上面寫著「為了成為一流」。就是要有這種覺悟才能營造一流的料亭。在他給新人的十幾條規定中，有幾條特別值得介紹：

其一：不把工作服白衣弄髒。

其二：第一年內同屆所有人不得放棄。

其三：尊重前輩的感受。

其四：每天做出比昨天更美味的料理。

其五：享受意外，不論是好是壞。

其六：和職場以外的人交朋友。

其七：睡前三十分鐘閱讀書籍。

這樣的料理人領軍做出來的料理會差嗎？

之前在嵐山廣川鰻魚飯牆上看到棟方志功的肉筆畫，木乃婦則從祖父輩開始就收藏竹內栖鳳、橋本關雪、堂本印堂到現在中村宗弘等大師級作品，千萬別小看這些餐廳的財力及眼光。

木乃婦以外賣便當起家，累積到第三代就成果驚人，主要是因為京都特殊的「便當外送」文化。

舉凡京都的茶會、祭典、季節儀式、喜慶活動、婚喪法會、茶屋等等，通通習慣叫外送。一方面京都人認為將專業料理呈現在客人面前是一種禮儀。另外還有一個有趣的答案則和京都人「千金散盡為華服」的和服文化有關，茶屋、旅館或料理店的女眷絕不能穿比客人更高級的和服，會使客人蒙羞，意思就是出席這些場合客人自己要注意不能穿得太寒酸，正式場合最好事先知道其他賓客的輩分，以免穿錯衣服。體貼的主人更不會不識相的在家裡燒材烤魚，來個和服煙燻大會，這個時候當然就是叫外送。

聽說現在家裡如果沒有老奶奶，年輕人越來越不懂得穿和服，雖然如此，看起來一點都不會影響便當外送呢。所以千萬不要妄自菲薄，從鰻魚飯到外送便當，米其林的星星照樣閃閃發光。

高橋拓兒的親筆簽名

小山薰堂之下鴨茶寮。

也許大家對「小山薰堂」這個名字並不陌生，只是不知道在你心目中他到底扮演哪個角色，他就像一顆迷人的鑽石，每個刻面都閃耀著璀璨的光芒。

電影迷一定知道他寫的劇本《送行者：禮儀師的樂章》，這部一鳴驚人的處女作，讓他獲得第六十屆日本讀賣文學戲曲劇本獎、日本學院獎最佳劇本獎，還獲得蒙特婁世界電影節大獎、美國第八十一屆奧斯卡最佳外語片獎。

小山薰堂一九六四年出生於熊本縣，日本大學藝術學院畢業，因製作《料理鐵人》《電波少年》等電視節目而聲名大噪。除了寫小說、專欄、劇本、繪本翻譯，也擔任電台主持人、企業顧問、品牌顧問、飯店顧問，以及東北工科藝術大學企劃構想學系系主任。他也是熊本縣吉祥物「熊本熊 KUMAMON」的創造者，創意公司 ORANGE AND PARTENERS 的董事長。

我是從一本書開始認識他，台灣貓頭鷹出版社翻譯他的《一食入魂：料理鐵人總企劃小山薰堂私房食記》，是我非常喜愛的美食指南。小山身為美食節目的總企劃知道很多餐廳不足為奇，很多老饕也有落落長的私房口袋名單，但我特別喜歡他的餐廳分類。《一食入魂》還有一個小標：「人生食堂 100 軒」，是小山寫了十年的連載「dancyu」專欄，從六百家餐廳中挑選出他自己最喜歡的一百家，然後依「目的」分類。小山身為企劃，特別會下標題，但我覺得這些精彩絕倫的文字來自他

對美食的熱愛。比如說「獨自閑逛，順道享受奢侈生活的餐廳」、「重要紀念日非去這裡不可，有如人生書籤般的餐廳」、「老闆人品與個性也一樣美味的餐廳」或「想吃上一輩子的餐廳」，還有「如果可以，我想死在這家餐廳的餐桌上……」有趣吧！所以當我知道他以專業經理人的身份接掌京都一百六十年料理老鋪「下鴨茶寮」時，就決心一定要親自拜訪，看看小山先生如何再造這家百年料理老鋪。

下鴨茶寮佔盡地利之便，位在世界文化遺產下鴨神社（正式名稱為賀茂御祖神社）下方。下鴨神社傳說是日本最早的神社，平安時代之前已經存在。名列京都三大祭之一的賀茂祭（葵祭）每年五月十五日在此舉行，象徵締結良緣的雙葉葵就是這個神社的御守圖案。東本殿祭祀神武天皇的母親玉依媛命；西本殿的祭神是賀茂建角身命。走過御本殿旁邊的葵庭就是大炊殿，可以看到古代神饌的復刻版，從爐灶到鍋碗瓢盆、器皿、祭品的各種模型，栩栩如生。參觀完下鴨神社順著兩旁高聳的樹林就進入糺之森，這個原生林佔地三萬六千坪、成功保育了四十多種、六百多棵樹齡高達兩百至六百年的樹木，漫步其中充滿自然野趣，還有提供給遊客體驗的夢幻馬車在林徑間來回慢跑。糺之森最後有一座很特別的河合社，號稱「守護女性，日本第一美麗之

糺之森

神」，獨一無二的「鏡繪馬」就像一只可愛的小手鏡，除了安胎、順產之外，還可以祈求美麗。每份八百日元，可以在「鏡繪馬御化妝室」內用自己的化妝品或神社提供的彩色鉛筆在空白繪馬上畫出自己心目中最美麗的樣子，彩妝，髮型、五官都可以自由發揮，只見一屋子女生埋頭認真描繪，再對照完工後整面各式各樣千嬌百媚的美人圖，我一直忍著不敢笑出來。我的鏡繪馬為了趕時間五分鐘就畫完，紫色翹睫毛加上兩坨圓滾滾的腮紅，撅撅的小嘴，也留在河合神社取悅大家。

穿過糺之森，終於看到下鴨茶寮。神奇的糺之森好像把到處都是觀光客的那個京都完全隔離，掀開暖簾，眼前竟是秀麗如畫的庭園，彷彿進入京都的京都，恬淡隱秘。

那是二〇一四年的十二月，我們第一次拜訪下鴨茶寮，兩個人被英文流利的女侍領到二樓寬闊的房間，沒有其他客人，安安靜靜，還安排了桌椅，鋪著潔淨的白色桌布，好像西餐廳的場景，這兩件事我們都

1. 鹽燒白帶魚 2. 下鴨茶寮的抹茶茶碗

沒有事先要求，也算是一種驚喜。更驚喜的是酒、料理與餐具，在那
樣寒冷的季節，我們喝到下鴨茶寮自家製的冬季限量熱紅酒，以法國
Bourgogne（勃艮地）紅酒為基底，加入柚子、金柑、生薑、日本國
產蜂蜜與黑胡椒混合熬煮，喝起來熱乎乎、香噴噴，馬上全身發暖，
和精緻的懷石料理意外搭配，連最後的甜點、巧克力也完全不衝突，
那種絕妙的組合令人難忘。

小山薰堂二〇一二年接手下鴨茶寮後，開始舉辦「下鴨文化茶論」，
每回都邀請不同領域的主講人，包括音樂演奏家、名廚、落語大師、

下鴨茶寮

攝影家、繪本作家、歐洲花藝大師、書道家、和紙作家等等，參加活動的來賓每人都要付一萬多日元的餐費，還是頗受好評，看來由小山擔任亭主，的確高招。

當天我們吃了冬季當令的鰤魚、毛蟹，生魚片用鯛魚、鮪魚、劍先烏賊組合成一幅美麗的富士山風景，連味噌湯都好喝到碗底朝天，最後用黑釜現炊的米飯也是被愛吃飯的「飯桶老公」吃到一粒不剩。下鴨茶寮的料理並不是豪華的會席料理，而是精緻的懷石風，不論風味、擺盤、器皿都令人耳目一新。若用小山薰堂自己的標準來分類，我把下鴨茶寮放在「想跟知心好友一起去，會不自覺笑開懷的餐廳」。

這麼多年過去，也嚐過很多料理，不知為何就是對下鴨茶寮念念不忘，二〇一七年五月初夏終於再訪，只不過這次的陣仗很大，包含導遊一共十七個人。

因為寫了三本京都的書，受「有・行旅」旅行社之邀，為他們規劃京都行程並隨團旅遊，我就把私心所愛的下鴨茶寮排在最後一站，當成這次旅行的 Happy ending。

託台日雙方導遊亦葳小姐及蔡先生的細心安排，我們一行人舒舒服服坐在二樓大包廂，明亮潔淨的玻璃窗將夏日中午的熱氣隔離在外，保留搖曳的清涼樹影。十五位團員經過五天相處，就在越來越融洽的時刻馬上就要分道揚鑣，這頓飯吃得有點離情依依。

幸好美味的料理轉移大家的注意力，這次的「祿膳套餐」比起五年前更加精彩，同樣不走華麗張揚路線，菜色與食器依然低調優雅，甚至帶點稚氣樸拙。

先付當然是當令的鱧魚，綠色油菜花鋪底，高知土佐酢半透明果凍淋在白色燒霜鱧魚上，撒上點點淺紫色的紫蘇花穗，微酸的醋味帶出鱧魚的鮮甜，頓時暑氣全消。

第二道八寸更是樸素到好似家常料理，傳統的紅底黑邊圓型漆盤，左上方紫紅六角萩燒小皿裝著紅白交錯的番茄毛蟹肉絲，右上角四方厚實圓潤的陶盒蓋上描著三朵黑、白、金松茸，打開來是橘紅色發亮的「飛魚子胡瓜」，彷彿藏在盒中璀璨珠寶。下方半截竹片襯著代表下鴨神社的葵葉，從左到右是南蠻漬小香魚、斑節蝦、金山寺小茄子、鱒魚壽司。金山寺小茄子短短小小肥肥的樣子最討人喜歡，廚師用極細的刀功在小茄子的皮上雕出等寬的細摺以便入味，裡面塞滿味增，一口咬下酒香、豆香四溢，驚喜連連。

第三道向附，白底青花盤上粉櫻色的鮪魚入口即化，青利烏賊也因俐落的刀功嚼勁十足又不黏牙，最後大家都把目光集中在鯛魚生魚片上一朵美麗的黃色小花，紛紛猜想究竟是什麼食材？竟然是又漂亮又好吃的袖珍絲瓜。團員中有幾位女士是綠手指，平日就愛捻花惹草，將這朵小黃花左看看右看看，忍不住夾起來聞聞香氣，就是捨不得馬上把它吃掉。

第四道椀物是唯一使用豪華漆椀的菜餚，打開椀蓋，細密水滴浮在龍膽花金色圖案上，紅白相間的馬頭魚穩穩安坐在青色豌豆豆腐上，再斜放一根深綠四季豆，旁邊綴上一朵茉莉花真是神來一筆，深淺稠淡，全部濃縮成那碗高雅無色的清湯。

第五道鹽燒白帶魚，配上綠色紅蘿葉豆腐泥渣、桃紅色茗荷，放在放射狀刷毛目白色大陶盤上，瀟灑豪放，光用眼睛看就很精彩。

接著上來的第六道焚合卻是白瓷一碗，大大方方素顏見客。白色的芋莖、淺紫色小馬鈴薯圓球、依偎在旁的是一抹鵝黃色的鮑魚，主廚很有誠意的切成厚薄適中的片狀，長到可以摺疊成兩層，可見鮑魚的個頭很大。而且鮑魚和舌頭接觸的剎那完全沒有纖維的粗糙感，也不會軟到入口即化，很纏綿的愛戀。

第七道是裝在紫色茂賀茄陶皿的牛肉，不吃牛的就吃五色蔬菜，同樣都好吃到不想去計較牛肉跟青菜誰比較貴？

第八道就是每次都讓我最痛苦的食事，現炊的新生姜薑拌飯，微微的香辣隨著飯香放送，配上季節醃菜，一點都沒辦法抗拒。最後就是漂亮的哈密瓜、櫻桃、日向雪酪，襯著粽葉放在水晶杯盤中，百分百夏日風情。

既然來到標榜「茶懷石、京料理」的下鴨茶寮當然得品嚐他們的抹茶，趁大家餐後合影拍照時，女

1. 鏡繪馬　2. 河合神社

將又為大家「上菜」，五種口味的小點心放在原木盤上，接著就是壓軸的重頭戲，每個人都被奉上一杯抹茶，大家現學現賣依照日本人的禮數把抹茶喝完之後，開始欣賞彼此的茶杯，九谷燒、美濃燒、萩燒、京燒、有田燒等等，看得目不暇給，嘆為觀止，能夠一口氣欣賞到這麼多各式各樣的藝術品，這頓飯真的值回票價。

下鴨茶寮創業於安政三年（一八五七年），至今已經一百六十年，由於沒有接班人，當初有朋友問小山薰堂想不想幫忙當品牌管理，後來下鴨茶寮的老闆娘找到小山，堅持要小山親自經營，小山考慮後答應老闆娘的要求，二〇一二年真的把下鴨茶寮買下來。這個決定不但是雙贏，加上我們這些食客當然是三贏。小山就是有辦法把下鴨茶寮變成傳播京都魅力的媒介，他接手後邀請電影《教父》的導演科波拉 Francis Ford Coppola 到下鴨神社供御所（室町時代為幕府將軍製作料理的地方）舉辦宴會，宴會上提供的就是下鴨茶寮的料理。所以千萬不要小看食物的力量，治大國如烹小鮮，更不要輕忽廚師的能力與經營者的智慧。小山當初製作《料理鐵人》這個電視節目最大的貢獻不是收視率，而是翻轉大家對餐廳的觀念，提升廚師的地位，更重要的是提醒大家要回歸「素材」，也就是讓食材充分發揮自身的魅力，而不是依靠調味料。

同樣在二〇一二年小山為自己家鄉設計的熊本熊成為全日本最受歡迎的吉祥物第一名，僅僅兩年就為熊本縣增加一千兩百億日元的經濟效益，而且仍在不斷增加。東京銀座後來也開了下鴨茶寮分店，不管小山薰堂是不是所謂的經營之神，但他絕對是日本當代出類拔萃的創意人。

還記得我曾說過若用小山薰堂自己的標準來分類，會把下鴨茶寮放在

「想跟知心好友一起去，會不自覺笑開懷的餐廳」。但第二次再訪之後有了另一種不同的感覺，比較接近「老闆人品與個性也一樣美味的餐廳」，更像小山形容的「彷彿去拜訪一位老婆很有品味的朋友」。下鴨茶寮是一家從器皿、食物、環境、景觀、服務都可以感受到文化的地方，去到那裡反而不像是去餐廳用餐，而是受邀至很有品味教養的朋友家吃飯，食材當然是新鮮美味，餐具器皿看似不誇張其實很講究，許是三代同堂或初次見面的朋友也能和樂融融，不同的話題都能聊上一些，酒也能喝上一點。這種餐廳不是靠美味來「吸引」路過的客人，而是用心意來「款待」回家的人。

也許下鴨茶寮的問候語可以改為：

「我回來了。」
「歡迎回家。」

下鴨茶寮的精神是「看清時代的變與不變，
在其中增添一份創意，獻上一份感動，表現京都獨特的文化與秀美」。
最厲害的是那句「看清時代的變與不變」，其實京都本地的物產不管山珍或海味種類都不多，更何況京都講究的是旬食，一定要用當季的食材款待貴賓，在這些嚴苛條件層層限制下，究竟要端出什麼樣的料理才能滿足全世界的饕客？沒有人比他們更清楚其中的困難與挑戰。

該變的是什麼？不變的是什麼？也許變的是創意，不變的是心意，這是我的答案，你的呢？

京都玉半。

老實說，位在石坪小路的「玉半」，是一家比想像中好上好幾倍的料理旅館。

隱藏在著名葫蘆暖簾後的房間不多卻不小（新舊館加起來才十間），小的是被客房四面圍繞的中庭；中庭雖小樹木卻不少，高高低低翁翁鬱鬱，幾近雜亂，是我看過最粗放的日式庭園。

入宿後才發現這些樹還不得不亂呢！因為中庭很小房間很近，所以那些高低掩映的樹木「剛好」可以遮擋視線；每個房間外面都有玻璃廊緣，兩張舒服的高背椅、一張小茶几，喝茶飲酒、坐看庭園，兩道細密竹簾可收可放，自在又隱密。

玉半的中庭

我們到的下午冬雨綿綿，一顆顆金黃色的柚子掛在樹梢抖擻，晚上就浮在房間的檜木池中，陪旅人入浴。隔天雖然還是下雨，還是忍不住穿上木屐小心翼翼地「遊園」，又發現每個房間都配置不同的石燈籠、蹲距、手水缽，飛石小徑相互連接，小小宇宙饒富變化。

玉半最難得的是像他們這種老料裡旅館，竟然在客房內擁有獨立的衛浴，我們住的房間「五月」，還有女士的化妝間，寬敞舒適，非常方便。

更讓人驚豔的是玉半的料理，從前就知道日本作家喜歡來這裡小住，除了可以看見八坂神舍的三重塔之外，為的就是泡澡和美食，親身體驗果然不同凡響，因為要同時擄獲作家的胃和心，基本上並不容易。

多年前曾經在「寶島新聲」電台接受我訪問的陳弘美女士，出生台北旅居東京，是日本貴族院議員許丙先生的孫女，深諳國際禮儀，特別

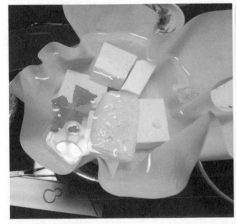

1.玉半早餐的湯豆腐 2.玉半一和一洋的豐盛早餐

寫了一本《餐桌禮儀中式、日式篇》（麥田出版），非常實用，她來上節目時侃侃而談，幽默風趣又迷人，她認為一個人的氣質就在餐桌上，日本有句話說：「看你拿筷子就知道你的出身」。

我非常認同，觀察一個人的吃相就大約可以看出他的家教，與貧富無關；同樣的，品嚐料理就知道這家旅館的特色。

弘美女士認為日本料理對食物「形而上」的講究包含：「刀法、擺排、器皿、顏色、與季節的變化。這是世界獨一無二的食的美學。」

我對美的人事物超迷戀，玉半的懷石料理美得令人感動。

不但美味，每道菜的配色、用的器皿都突破一般老舖的模式，打破傳統的拘謹，尤其是器皿的樣式、色澤和擺盤，活潑狂放。

泡完柚子浴，算好時間的女侍送上食前酒，銀碟上的梅酒盛在琥珀色刻面小水晶杯中，光如鏡面的黑色托盤倒映另一個圓角水晶盤，「先付」響螺肉的上面蓋著半透明的蕪菁山藥泥，再灑上紅蘿蔔、綠紫蘇和鮮黃色的柚子皮，像座小山，剛好露出水晶盤雕出的海浪花紋。筷枕是象徵玉半的小葫蘆，和醬油碟子都繪上「吉」字，還有一隻可愛的白鴨子醬油小罐，人見人愛，看了好久都捨不得動筷子。先付不算正式菜餚，是讓客人先墊墊肚子，以免一開始就喝醉，接下來的八寸才是前菜。

八寸是由 3 或 5 或 7 種山珍或河川味組合的下酒小菜，八並不是指 8 種菜，而是 8 寸見方的方盤（現在不限方盤）。

前菜最能看出這家旅館對季節的敏感度，尤其在注重旬食的京都更是立見高下；所以弘美女士說就算餓到發昏才等到這道菜，也要忍耐，

一定要先仔細欣賞，再邊看邊品嚐廚師的創意。吃前菜記得由左往右，因為味道淡的會放在最左邊、越往右味道越濃。

我們是一月去玉半，前菜的應景裝飾是冬青葉和麩、梅酒凍做的紅梅，芥蘭菜花、鰹魚、南瓜、小銀魚，一半紅一半白的壽司，紅的是鮭魚 白的是鯛魚，放在銀盤金箔紙上雖無比華麗，卻依然散發濃濃的年節氣氛，令人印象深刻。我想起池波正太郎寫的《食桌情景》，眼前的美食不正是一場又一場的食桌演出嗎？

弘美還提醒前菜每一種的量都很少，所以要每一種吃完再往下吃，就是堅持由左往右就對啦！

前菜之後的湯裝在咖啡杯裡，金色的把手已經微微褪色，豔麗的寶藍和金色椿花紋樣交錯成格子，既古典又現代；細嫩的蒸蛋滑入口中，不稠不膩非常清爽，接著卻發現蛋汁中還有海膽，另一種香氣開始在口中迸開，完全沒有腥味，舌間也沒有殘留顆粒，像絲緞一樣細膩。後來才知道這道海膽蒸蛋大有來頭，是玉半的著名吸物（湯），名列日本三大珍味之一！沒想到就在京都石坪小路的老料理旅館相遇，真是人間至福。

接下來上場的向付生魚片是冬天過年最受歡迎的鯛魚，白中透粉，放在藍白色鮮魚陶缽中，生動有趣，裝醬油的鮑魚小缽也來湊熱鬧。這種高起來的小缽叫「豬口」，可以拿起來沾醬油，若是比較扁的淺碟子要放著用，避免醬油灑出來。

燒物通常是烤魚，到目前為止玉半的每道菜都令人激賞，特別是器皿，更讓人期待。端上來的烤鰤魚放在古樸的黑陶盤上，烤到發亮的鰤魚裹著鮮綠奪目的青蔥和一絲絲橘皮，旁邊配置一黑一白，黑的是

1

2 3 4
5 6 7 8
9 10 11 12

1. 玉半的愛染亭 2. 玉半的筷枕 3. 先
4. 八寸 5. 吸物：海膽蒸蛋 6. 海參湯
7. 生魚片 8. 烤鰤魚 9. 焚合 10. 揚物
11. 強肴 12. 烏魚子飯

香菇，灑著白芝麻；白的是切成菊花的蘿蔔，刀功完全展現在細細的花瓣上，花心是一圈鮮紅色的辣椒，紅白對比，栩栩如生，連放在最上面的綠葉尾端也帶著一點紅，每種食材都相互呼應，大膽又細心。

焚合又看到金黃色的海膽，這道蒸物的顏色一層一層由下往上、從淺到深，分別是山藥泥、鯛魚、百合、芥菜、海膽、海苔絲，山藥泥當中還包著烤鰻魚薄片，鯛魚微鹹、鰻魚微甜，再搭上海膽，每一種組合都撞擊出不同滋味，讓這道外貌看似平凡的主菜散發妙不可言的滋味。

戲還沒結束呢，擺在灰白葉狀陶碟的揚物天麩羅除了秋葵、百合之外還有魚膘，蘿蔔泥中特別加入薑汁去腥，外韌內軟，很大膽的食材。終於看到我家老爺最愛的米飯，香噴噴的白飯灑上橙黃烏魚子鬆、鮮綠香椿葉，已經夠奢侈，咬下去才發現是糯米飯，而且還有小顆粒的生人蔘，香香脆脆，和軟軟的糯米飯超搭。

強肴放在土耳其藍的龍膽花瓣碟子裡，魚卵、海帶捲、小黃瓜、紅皮大根，淋上一抹黃澄澄的蛋黃沙拉，造成強烈對比，好像對我說：「加油！再吃一點吧」！我將每種食物淺嚐幾口，就拜託永遠吃不胖的老公幫忙，盤底還出現一朵美麗的龍膽花，看到連海帶湯都喝光光的老公浮現那種心滿意足的表情真是幸福。不料這個時候女侍又來上菜，一直到現在我們仍懷疑最後的這道菜應該是送錯房間。又是一碗白飯，乾乾淨淨，只放了一塊厚厚的烏魚子和冬青葉，紅配綠；湯更講究，地雞、海蔘、魚皮、鵪鶉蛋，銀白色的細蔥浮著一朵粉紅麩梅，老公還是把它吃光光，夜的盛宴終於結束。

這餐飯在沒有任何期待卻極度亢奮中度過，當初選擇玉半一則是從沒住過石坪小路的旅館，再則是想看看日本作家川口松太郎在這裡寫《愛染桂》的愛染亭；誤打誤撞才知道玉半的主廚從十九歲開始掌

廚，已經三十餘年，經驗豐富，廣受好評。

但我認為還有一個重要的人物是女將稻葉英子女士，後來看書才知道她是日本人眼中的絕妙女將，第二天退房時見到本人，果然豪邁爽朗，一聽到我們從台灣台北來，興奮得不得了，因為她來過台灣，一直誇獎，說一定還要再來台灣！我們當然與有榮焉，也盛情歡迎她重遊寶島。

所以我的美食觀察報告可以再加兩條，看餐具就知道旅館料理的水準，看女將就知道料理旅館的格調。

如果收到女將稻葉英子女士親筆寫來的問候信，別驚訝，這也是她的絕妙之處！

註：二〇一二年重訪玉半時，主廚已經換人，詳情請參閱《綺麗京都》之「三共之川」。

1. 玉半的女將稻葉英子女士 2. 玉半貼心地為客人準備手電筒、菸灰缸、冰水壺，貓咪保溫壺，
   放在床頭，好像為客人守夜。

我愛錦小路。

《都與京》（商周出版）的作者酒井順女士，住在東京卻在三十歲以後戀上京都，一天到晚往京都跑，將她這兩個京城的觀察寫成《都與京》。書中提到對於習慣在超市買食材的她而言，一旦踏入像大原朝市或錦市場這種地方，「就會莫名的燃燒起來，不，該說是萌起來吧！」因為在這種市場可以直接和賣紫葉醃菜的歐巴桑講話又可以買到便宜的食材。

錦市場也是會讓人萌起來的地方，旅日作家劉黎兒也酷愛京都美食，她歸納出京都料理美學的原則之一是「不買搭上鐵軌來的材料」，號稱「京都人廚房」的錦市場當然占有非常重要的地位。

位在河原町錦小路通的錦市場，京都人暱稱為「錦」，在這條四百公尺橫跨六個町的市場裡，可以看到料理店主廚、家庭主婦、情侶、學生和觀光客全擠在一起購物。

漬物和京野菜最受歡迎，京都因離海遠，從平安時代開始，很多魚貝食材都要醃過；蔬菜種類也不多，至今被京都府認定的傳統蔬菜只有四十一

錦市場用來壓漬物的大石頭

種，所以京野菜也發展出各種醃漬的手法，夏天的賀茂茄子、冬天的聖護院蕪、大頭菜千枚漬，都是不同季節的人氣代表。

京野菜之所以好吃，在於保持了原種原味，意思就是一千年前京都人吃的野菜和我們現在吃的差不多，完全不像有些改良品種中看不中吃，完全喪失原始的濃厚滋味。京野菜中看又中吃，鮮豔美麗，色香味俱全，不斷刺激消費者的神經，是優雅拘謹的京都少見的生動潑辣。

錦小路通最東端的「錦天滿宮」裡有一座湧泉，是京都名水之一的「錦之水」，甘甜無比，證明自古以來這裡的地下水就很乾淨，因為水質好，適合保存生鮮食材，慢慢聚成市集，包括昆布、乾貨、豆製品、湯葉、生麩、壽司、蛋捲、糕餅等等，以及其他和食物相關的店，如菜刀、廚具、餐具……至今已有一百三十家店面，這就是錦市場四百年的歷史。小小的錦天滿宮香火鼎盛，鳥居前掛滿錦市場各商家獻燈的燈籠，有時間的話可以一一瀏覽對照所有的店名，非常有意思。當我去逛市場的時候，老公就舒舒服服躲在咖啡廳，這是我們旅行的慣

1. 一風堂的赤丸拉麵看紅色的碗公就知道很辣 2. 丸常蒲鉾店各種口味的魚板任君選擇 3. 田野軒的紅豆大福餅、田舍饅頭都很受歡迎 4. 三木雞卵的玉子燒老少咸宜 5. 伊豫文的鯖壽司是最受歡迎的伴手禮 6. 冰啤酒和一風堂的明太子拌飯是絕配 7. 我最喜歡一風堂的辣豆芽菜、紅薑 8. 紅蕪千枚漬 9. 錦平野的便當琳瑯滿目，選哪一種好呢？ 10. 漬京野菜

例，先找個地方一起喝咖啡，把他留下來看書寫筆記，等我拍完照或逛完街再回去找他。藏身錦市場漬物屋閣樓的「嘉ねた」咖啡屋空間雖小，咖啡一點都不馬虎，我點的抹茶濃郁芳醇，完全沒有茶腥味；老公可樂了，因為這裡還有吸菸區，他只要看到桌上有菸灰缸就如獲重生，我當然可以更放心大膽去逛那逛它千遍也不厭倦的錦市場。

一風堂拉麵的錦小路店也是我們的最愛，「白丸元味」看似濃稠的湯汁入口卻很清爽，老公每次都吃到湯碗見底；加上辣油的「赤丸新味」嗜辣一族絕不可錯過；重口味一族可先試試原味，吃到一半再加入大蒜和芝麻，最後再嚼嚼特製的紅薑，去掉蒜味之後餘韻無窮。不管是麵條或鮭魚卵拌白飯都 Q 彈有勁，看到那些晚下班的上班族飽餐一頓的滿足，我們也同感幸福。

<table>
<tr><td>1</td><td rowspan="2">3</td></tr>
<tr><td>2</td></tr>
</table>

1. 連便當盒也很漂亮的「洛彩」 2. 松茸飯便當 3. 綠油油的京野菜

劉黎兒學姊常常將錦市場列為京都旅行最後一天的必遊之地，應該是為了採買食材及伴手禮，投宿期間也會找個下午採購錦市場好吃的東西回旅館，在房間內開「古都成菜派對」。我們沒那麼幸運，因為她只要搭新幹線就可以回東京的家。我的辦法是旅程中盡量安排一兩晚入宿錦市場附近的旅館，出去玩之前先到錦市場採買吃食，當成郊遊；每個季節都有不同主題的便當，老公喜歡的飯和大福也有各式各樣的選擇，只要不是湯湯水水都可以嘗試，我們倆每次都像小學生要去遠足那樣充滿期待呢！

1. 很有氣質的麩嘉 2. 鮮豔漂亮的柚子胡椒

散步奈良町

二〇一〇年去奈良參加「平成京遷都 1300 年祭」，盛大的活動在日本政府和民間組織鉅細靡遺的規劃、合作下，非常順暢地進行。

我們的行程雖然緊湊，也因旅行社精心安排、經驗豐富，大家都玩得非常盡興。

參觀奈良町就是一段悠哉愉悅的番外篇。

位在興福寺猿澤池附近的奈良町好似遺世獨立的一方桃源，低矮老舊的木造町家，隱藏在巷弄中的餐廳、咖啡館、手工小舖、藝品店，安安靜靜，猶如居家度日、與世無爭，令人流連忘返。

這裡原本是寺院的一部分，江戶時代變成商業重鎮，盛產頭盔、盔甲、毛筆、墨等名物，曾經是江戶末期 GDP（Gross Domestic Product，國內生產毛額）最高的地方；因為生活富庶，留下非常優秀的町家建築。再加上奈良人自覺不輸京都，也非常積極認真地進行町家保存及復原工作；比起京都，奈良町雖然樸素，卻更平易近人。

家家戶戶的窗前都掛著紅白相間的「身代猿」，不管一隻一串或一群，都很亮眼，身代猿是奈良古傳的吉祥物，這個除魔守護符可阻擋災難

邪魔，現在已經變成奈良町的象徵。

尤其是經過風吹雨打後的滄桑斑剝，對應紅白絲綢的耀眼亮麗，反差出強烈的時間感，讓奈良町散發一種難以言喻的懷舊氛圍。

整個下午的行程包括參觀世界遺產國寶元興寺、奈良町資料館和奈良工藝館，我們在狹窄的町家老街四處遊走。「舍」YAMAYOSHI（吉田）蚊帳擠滿了觀光客，大部分是日本人，還遇到一位穿著和服的高挑美女，我們一群好奇寶寶當然更要擠進去一探究竟。

據字面推測，創於大正十年的吉田應該是家賣蚊帳的老店，現在卻以手染麻布暖簾、圍巾、毛巾和抹布聞名；我家老爺擠在一群婆婆媽媽當中皺著眉、不解地問我：「搶圍巾也就算了，為什麼連抹布也要搶著買啊？」

老公大人您就不懂啦！對家庭主婦而言，一條好搓好洗又環保的抹布其重要性當然不亞於一條圍巾！更何況這家店的抹布顏色可美的了，不知道的人還誤以為是圍巾呢！手腳不快一點，想搶到最受歡迎的粉紅色抹布，門都沒有，馬上就掛出售完的牌子，「殘念ㄋㄟ ㄟ……」，

 1. 炸竹皮四季豆香菇甜不辣 2. 大豆、豆乳 3. 五種豆腐前菜 4. 甘味及果物
5. 豆花 6. 店名叫「白銀」的紅豆宇治冰

一片哀嚎、此起彼落⋯⋯

晚餐前是自由活動的時間，我發現這裡也有一家 o.mo.ya 藏在小巷的町家內，果然和京都有拚。逛了一整個下午，抹茶紅豆冰也吃了、咖啡也喝了，終於等到令人期待的晚餐，因為我很好奇號稱十二品加甘味的豆腐湯葉料理，究竟是何模樣？

隔牆就是元興寺小塔院跡的「近藤豆腐店」也是標準的町家建築，推開木格窗門，先看到草木扶疏的前庭，蹲距、石燈籠樣樣齊全，一入廳有一個懷舊電話室，又圓又重的黑色大聽筒真令人懷念。我們一群人鬧烘烘，興奮地找位子，一不小心就會撞到屋樑，好不容易坐定，就開始豆腐大餐，而且真的是一道一道上菜，絲毫不馬虎的會席料理。

近藤標榜店裡用的都是日本國產，來自伊豆大島的大豆，而且是手造的湯葉，豆腐料理的極致。

前菜五道小點心，用豆腐做成像長崎蛋糕和麻糬等小點心，擺盤清新時髦；豆汁無比香濃，搭配碩大的清燙大豆；接著是盛在黑色陶碗中的雪白豆花，吃起來像冰淇淋，綿密爽口；豆腐料理當然少不了湯豆腐，只是近藤的湯豆腐和京都的不太一樣，京都大部分都用昆布熬湯，這裡可是連湯都是豆汁呢！

吃完你儂我儂的湯豆腐之後，下一道菜就是第一次撈起的湯葉，只要拌著微辣的芥末和清香的紫蘇葉就好吃得不得了，整個口腔都被絲緞般的豆皮湯葉溫柔裹覆，真的是極致享受。

168

奈良町的象徵吉祥物「身代猿」

吃完清淡的，接著就是黑白味噌的烤豆腐，一甜一鹹，刺激一下味蕾，以便迎接重口味的揚物，油炸的大片豆皮、四季豆和香菇甜不辣；雖然吃來吃去都是豆腐，主廚還是很用心，竟然看到我最喜歡的沖繩特產海葡萄，和豆腐做成酸漬的涼拌菜，一掃甜不辣的油膩；下一道青菜濃湯和豆腐泥很相配，同時又上了黑芝麻豆腐，我已經弄不清楚是第幾道菜了，也很佩服真能將豆腐變出這麼多花樣。女侍又端來煮物，包著餡的油豆腐，切開來可以看到整顆的銀杏、紅蘿蔔丁和香菇末，湯汁飽滿，細膩可口。

最後上來的照規矩當然是御飯，咦……怎麼沒看到呢？原來躲在蛋皮和豆皮裡，一小口剛剛好，當成十二品豆腐料理的完美句點，令人讚嘆啊！

奈良元興寺

甘味是裝在玻璃器皿的抹茶紅豆泥和果物，紅豆泥上還灑了一小朵金箔，原來這才是最完美的句點。

奈良町無畏毫不起眼的外貌，用最真誠樸實的心款待旅人，像清清淡淡的豆腐，一旦入口就永遠難忘那種千帆過盡的滋味。

散步奈良町，身代猿對我微笑，雲淡風輕，歲月靜好。

1. 數不盡的身代猿 2. 奈良町的電線桿也可以看到鹿的圖案

3. 奈良町資料館內保留著元興寺金堂遺跡

晴鴨樓前秋無聲。

鴨川寂寂歲月靜好
四季流轉宛若一瞬
風吹雲動心如驛馬
芥子雖小可窺大千

秋天，我依約前來京都狩獵紅葉。濃密鮮黃的銀杏，沿路拍著小手，列隊歡迎來自四面八方的旅人，京都依然擁擠，過客與紅葉交相競豔。據說有些日本人一輩子只到過京都一、兩次，視同一生的朝聖，倒是我們這些外國人，年年如候鳥般飛來。

也許春天的櫻花真有花魂作祟，滿城的人皆為之瘋狂，那股殷殷期盼，又深恐稍瞬即逝的焦慮，到了秋天，化為安詳適意的遊賞，不管枝頭懸掛什麼顏色的葉子，總能獲得不斷的讚賞，「綺麗！綺麗喲！」上揚的尾音，洋溢著歡喜讚歎。

我的紅葉狩獵地圖隨陽光及心情更改，三十三間堂依然清冷，一千零一尊神佛菩薩、護法金剛，依然靜默；人世間所有的煩躁喧囂，來到這裡如塵埃落地，無聲無息。

東本願寺依然肅穆，寺前烏丸通的銀杏隨風翻飛，一片一片覆蓋地面，數不清的顏色，數不盡的落葉，陽光傾灑，像織錦般的絲毯，金光閃閃；堂前漫步的鴿子，依然瀟灑。

東福寺依然熱鬧，旅人如潮水般湧入湧出，通天橋依然優雅，漫天漫地的遊客比花見席的丸子還黏人，揮之不去，不呼即來，洛南紅葉名所，宣告淪陷。

從人聲鼎沸的東福寺敗下陣來，心中不免悵然，悵然之餘還有些懊惱，懊惱的是經常鼓勵身邊的親友，甚或演講場合中不識的聽眾，一定要到京都東福寺賞楓，眼前這片人潮想必多少都有熱心如我輩，口耳相傳，推波助瀾之故，真該私心保留一些隱密基地，以免抱憾。友人居住在日本的母親，今秋遠至三千院賞楓時，也同樣被滿山遍野的觀光客嚇到。

倒是寺外石牆甚美，順著善慧院往東福寺站走，赭黃的土牆配上黑瓦，牆腳露出堆疊的泌白石塊，邐長幽致，牆內或楓紅、或青松、或簷瓦，好像一卷長軸山水，處處可觀。我忍不住站在對面往下拍攝，卻苦於行人不斷穿梭，好不容易等到空檔，卻見一位老兄拿著相機拚命向我揮手，意思是叫我閃開，我也朝他用力揮手，意思也是請他不要擋在那裡破壞畫面，他不甘示弱，繼續再揮，小女子我哪肯罷休，在東福寺已經完全沒辦法拍照，此刻絕不輕言退讓，他老人家看我如此野蠻，悻悻然離去。待我拍個足夠，一轉身，眼前的美景，令人咋舌，成串怒放的莢迷，顆顆精神飽滿、晶瑩剔透，像璀璨豔麗的紅寶石垂掛在黑瓦白牆的靈源院門邊，難怪也擄獲那位老人家的心，不惜與陌生人隔街對峙，互不相讓。

1 2 3　1.夜臨晴鴨樓　2.3.晴鴨樓紙門上的把手

暮色中與東福寺道別，順著鴨川，數到五条，走進窄窄的屋町通三丁目，晴鴨樓昏黃的燈光浮在夜色中，一靠近就有男侍與女中向前，我的行李一早就先託運至此，他們不知已等候多久？一股濃厚的京情緒就在他倆殷勤身影間瀰漫開來。

日本知名歷史小說家池波正太郎為了取材，經常到京都尋找江戶時代的影子。他在「食桌情景」一書中曾寫道：

「在京都，我總會避開繁華的主要街道，密集地探訪上京和中京一帶的街頭。這些地方一入夜之後，就會悄悄陷入無盡的闇黑中，古代的京都就在這樣的闇黑中沉潛著，狹小的巷弄人車俱寂，沒有一絲屬於人的刻意聲響。在這裡，我可以充分感受到古代京都入夜後的真實⋯⋯」

池波正太郎的夜色京都同樣籠罩在我的京都夜色中，前一刻的擁擠吵雜，彷彿一瞬都被收懾到千年夢中；穿越晴鴨樓玄關的花燈窗，就回到大正時代的浪漫氣氛，成立於天保二年（西元一八三一年）的晴鴨樓，因晴天時站在樓頭就可以看見鴨川得名。那時候鴨川的兩岸尚無高樓遮蔽，那時候的晴鴨樓是文人宴會的聚集地，那時候的晴鴨樓是洋風的時髦象徵。「和的建築、洋的浪漫」，晴鴨樓在一百七十六年後變成古與今、和與洋，美的調和。

蓄著娃娃頭瀏海的女中為我詳細介紹房間，一杯玉露茶，配上捲在綠竹葉裡的紅豆麻糬，既可迎賓，又可稍稍補充體力，疲憊的旅人就不怕暈倒，放心去享受晴鴨樓聞名海內外「至福的湯浴」，這間備有四百年高野槙貴重天然木的人工溫泉，雖然不大，但在京都能泡到這

上：晴鴨樓的名片　右：行經鴨川之畔

種湯，已經是至高無上的幸福。

晚餐準時七點開始，娃娃女中殷勤伺候，第一天的菜單以楓紅為底，
第二天換成萩花，菜色當然也完全不同。第一天的「先付」開胃菜是
安鱇魚肝，盛在銀色菊瓣小皿中，點綴蘿蔔泥，翠綠山蔥，賞心悅
目。第二道「八寸」，放在一大片紅葉上，紅葉的下面襯著金箔，置
於黑色半圓漆盒內，烏賊、明太子、鱈魚南蠻漬、味噌甜蚵、烤白
菓、叉燒肉片、純白的蕪壽司，各據一方，其間散落麩做成的銀杏
葉、赤芋葉，華麗非凡，就像秋天的豐收盛宴。第三道是我最愛的生
魚片，白鯛魚幾可彈牙，薄透銀亮的烏賊甜而不膩，包上紫蘇葉，一
入口香氣逼人，娃娃女中教我將小紫蘇花也拌入醬油，真是色香味俱
全。第四道湯，一掀開碗蓋，忍不住驚呼，一片薄如蟬翼的蕪菁，覆
在細白如綿的蟹肉丸子上，輕輕掀開圓如裙擺的蕪菁，還有橙色的紅
葉人參和鮮黃的柚子絲、綠橘葉，好似江水映月，景色怡人。第五道
是燒烤的鰤魚，搭配生薑、大根。第六道湯是海膽、海苔絲、山藥豆
腐汁，用玳瑁的湯匙，非常講究。上到第七道的「蒸物」我幾乎已經

1.晴鴨樓的牙籤陶盒　2.晴鴨樓的晚餐菜單

吃不下，長方形的鰻魚片蕪葉包著芋泥一起蒸，灑上薑末、辛香有勁。第八道「焚合」用白色蝦泥和著黑色木耳細絲，拌哇沙米、山藥泥，清爽可口。第九道「酢物」上來的時候，就要清清食客的味蕾，博多鯛魚臥在白底楓紅金邊圓碗中，上面再舖滿雪白的蘿蔔泥，金黃色的鮭魚卵，綠色防風葉，入口時酸酸甜甜，一點腥味都沒有，更屬害的是兩片鯛魚之間還夾著小黃瓜脆片，所有的食材就像在唇齒間跳舞。第九道「揚物」是用薄薄的麵衣將甘鯛魚肚裹住去炸，咬下去濃郁的汁液迸射，充滿整個口腔，魚片的下面還藏著 QQ 的芝麻豆腐。已經吃到撐的我看著忙進忙出的娃娃女中，還在上第十道菜「留椀」，這道菜是味噌湯、白飯和漬物，就純欣賞吧！裝湯的黑色漆碗，配上大大的金銀圓球圖案，時尚感十足，漬物放在陶製的小畚箕裡，好可愛。最後娃娃女中將桌面清乾淨，奉上一小碟灰青陶盤，黑色小竹紋湯匙依偎在半顆碩大的江戶柿旁，橙紅色的當令柿子冰得剛剛好，皮薄可透光，我像吃冰淇淋一樣將柿肉挖入口中那一刻真是幸福滿溢，微冰的江戶柿像空氣般瞬間消失，我的眼淚都快流出來，想起舒國治曾說難以消受這種料理旅館，因整天的行程，皆受到晚餐的牽制。「不敢跑遠，不敢玩得滿身大汗，不敢亂吃零食亂吃點心甚至不敢亂喝咖啡，於是一天往往甚是虛浮，像是全部只為了那一頓飯」，我想對舒哥說：「就為了那一頓飯，值得，值得，絕對值得！」

翌日晨光中醒來，在房間浴室小檜木池裡泡澡，吃完早餐，我又沉沉睡去；白天的晴鴨樓也很安靜，大概旅人都捨不得睡，跑出去玩了，哪裡會捨不得呢？在京都睡覺最好，有多少機會能睡在一個千年古都，百年的町屋內呢？櫻花開了又落、楓葉青了又紅，睡飽了，只要喝得到蔦家的咖啡、買得到一澤帆布的背包，我就滿足了。住這種料理旅館，哪裡都可以不去。

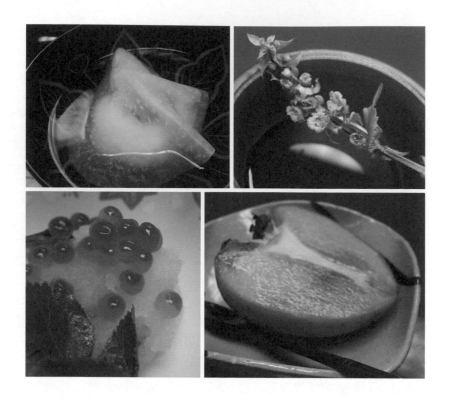

臨走時買了晴鴨樓的葫蘆形酒器、酒杯，紅漆竹叉和聞香桐盒做紀念，娃娃女中一直跟前跟後為我打點行李和禮物，京女多情，難怪專務島耕作和許多日本男人都難以自拔。秋陽甚好，我決定順著鴨川走去三十三間堂，娃娃女中身著青色和服，站在鴨晴樓前揮手送別，我回頭逆光拍下她的黑影，再見哦！再轉身她還在那裡，一直揮手，揮到我不忍心再回頭。

回望晴鴨樓，秋天已無聲無息，如年華靜靜流逝。

原載《聯合報·副刊》，二〇〇八年二月十八日

1.晴鴨樓蕪菁蟹肉丸子湯　2.紫蘇醬油　3.明太子鯛魚酢物　4.入口即化的江戶柿

最奢華的旅行是舒適。

夜雨，若纖綿落櫻

那麼，請容我撐把小傘

為妳稍稍抵抗浸蝕

你看，長髮珠光閃亮了雨意

問說，會冷嗎？

戀人回眸，深看一瞥已是永恆

不語之間，寒顫縮回往昔

日記舊頁不經意的逗點

冷慄排除在小傘外

傘內，未訪的緋櫻早盛開

清冷纖手伸來，置入我厚衣口袋

靜靜散步，子夜錦小路

～林文義〈錦小路〉

祇王寺

這首詩的作者就是我家老爺，詩的背景是二〇〇五年京都的春天，當時我的纖手還沒變成肥手，戀情像枝頭的緋櫻剛剛發芽；初夏開始，我的詩、攝影、文章開始發表，有如櫻花滿開，又像企圖一口氣補足自一九九八年逃離文壇後的空缺，充滿狠勁。二〇〇八年出版《京都之心》，記錄那四年數度往返京都的旅行，文學還在路上，戀情修成正果。二〇一七年《京都之心》全新增訂版重出江湖，將近十年的光陰，相對於千年古都也許只是一眨眼的瞬間，對我而言已是千年萬年。非常感謝聯合文學出版社的總編輯李進文，讓這本書能以更純粹更凝練的身影重現江湖。

越來越忙碌的出差佔據我的生活，旅行、閱讀、書寫都變成奢侈品，最奢華的旅行就是舒適，哪怕只是匆匆數日的公差或小小的旅館，都希望有回家的感覺。

到目前為止我在京都住得最舒適的傳統旅館是「俵屋」，俵屋名列京都傳統旅館御三家，也就是前三名的意思，在我心中是榜首，雖然從進入俵屋一直到離開，不會有特別驚豔的感覺，但回想起每個細節，都是無比的舒適愉快。

例如說高度，不管你走在俵屋哪個地方都不會踢到腳，即使有個房間備有西式雙人床，從榻榻米到床的高度也是剛剛好，每個房間都有一面臨窗的閱讀區，客人可以坐在椅子上看書、看風景或發呆，這個小區域的高度是從榻榻米往下挖，雙腳可以舒舒服服地放鬆，窗前一道窄窄的長桁，高度剛好當成桌子，清早起床喝杯果汁、看看書報、欣賞中庭院子的四季風景，哪裡都可以不用去。一個旅館如果可以讓客人住到不想出門，只想好好待著休息，就對了。

這背後不知累積多少困難與磨練才能達到這種境界？

旅行、美食也有不同的境界，不論高低，
自己覺得舒適就好。

去西芳寺賞苔之前得先抄寫心經，有人甘
之如飴，視為靜心淨身的莊嚴儀式；有人
如坐針氈、片刻不安；也有人因為身體有
恙無法跪坐；更有人連抄寫的機會都沒
有，因為進入西芳寺要提出申請，六十天
前寺方開始接受明信片報名，報名者只能
接受寺方指定的日期，不能自己指定當天
的參觀時間，不是想去就能去。舒適嗎？
如果順利完成前半段，走入寺內，彷彿走
進人間仙境，寧靜安詳，無比空靈。當我
們終於順利拜訪西芳寺那天，是個深秋的午後，雨打紅葉、一片泥
濘，一手撐傘一手仍不死心拿著相機拍照，走在高低起伏，到處都有
樹根盤結的小徑，沒摔跤已是萬幸，遑論舒適。如果再遇到同樣的情
形，現在的我可能只會找個亭子躲雨，準備好熱茶或咖啡，靜靜坐著
賞雨就好。

後來我在祇王寺得償宿願，另一個初夏的早晨，陽光正美，篩過忽高
忽低的樹林，一道道落在綠茵如毯的地面，一片片綠苔忽明忽暗，如
夢似幻，舒適無比。

所以旅行也是一種自我修煉，在過程當中如何讓自己、讓同行的旅伴
舒適，是一門很深的學問。

美食也是，這次《京都之心》增訂版就是將原書後半段無關京都的部
分移除，補增八篇都是與美食相關的文章。

木乃婦扇形天花板燈飾

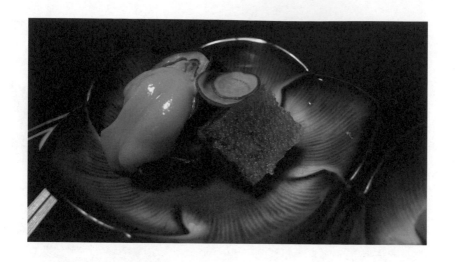

雖然寫了《綺麗京都》的「京都米其林美食夢幻之旅」，我只是熱衷美食不是熱衷摘星，太過偏執就容易走火入魔，我完全贊同木乃婦三代目高橋拓兒所言：「當料理超越一定程度的美味時，便不再存有絕對的美味，而是相對的美味。」只有當下體會到的最真實。

曾經讓人魂縈夢繫的玉半在我不知情的狀況下換了主廚，那天的晚餐每種器皿同樣美到令人目眩神馳，但我怎麼吃都覺得少了那麼一點點感覺，我不是豌豆公主，只是用一顆很虔誠的心回報這些一生懸命的職人。每個人每分每秒都處在不同狀態，如果彼此都在最好的狀態相遇，那就是金風玉露一相逢，便勝卻人間無數；反之，只能扼腕嘆息。旅人所求不多，舒心舒適而已。

旅途中的點點滴滴都會經過時間的淘洗，散發不同的光芒。這本書整整跨越了十二年，重新出版就像重新審視自己，旅途未竟，但願那顆初心永遠存在。

二〇一七年立秋臺北

玉半的強肴

俵屋

日本史簡表

朝代名稱	西元紀年	重要發展	備註
舊石器時代 BC35000 –BC14000	約兩萬年前	▪ 日本列島誕生	▪ 山頂洞人
前陶器繩文時代 BC14000– BC400	一萬二千～ 三千年前	▪ 發明陶器（繩文陶器） ▪ 繩文文化誕生 ▪ 發展狩獵、捕撈及 採集經濟	▪ 仰韶文化 ▪ 龍山文化 ▪ 殷商
	紀元前七～ 八世紀	▪ 開始初期農耕	▪ 春秋時代
彌生時代 BC400– AD250	紀元前三～ 四世紀	▪ 稻作傳來並普及 ▪ 彌生陶器的使用 ▪ 青銅器、鐵器傳入 ▪ 彌生文化誕生 ▪ 小國誕生	▪ 戰國時代 ▪ 秦始皇統一六 國 ▪ 劉邦建立漢朝
	二世紀末	▪ 邪馬台國統治小國	▪ 三國時代
古墳時代 AD250–538	三世紀	▪ 盛行修築前方後圓的 大小古墳，古墳只埋 葬部族首長。	▪ 五胡十六國
	四世紀	▪ 首長結盟，大和政權 誕生 ▪ 漢字傳入	▪ 魏晉南北朝
飛鳥（大和） 時代 538–710	六世紀中葉	▪ 佛教傳入	▪ 隋朝統一中國
	593	▪ 聖德太子攝政 ▪ 第一次派出遣隋使	
	646	▪ 大化革新	▪ 唐貞觀之治
奈良時代 710–794	710	▪ 元明天皇遷都平城京 （奈良）	▪ 唐開元之治
平安時代 794–1185	794	▪ 桓武天皇遷都平安京 （京都）	
	828	▪ 空海創片假名文字	
	1001	▪ 紫式部執筆《源氏物 語》	
	1016	▪ 藤原道長就任攝政 ▪ 攝政政治全盛時期	▪ 北宋

	1053	▪ 平等院鳳凰堂建立	▪ 南宋
	1159	▪ 由攝政政治轉移至平氏政權	
	1185	▪ 源平之亂末期，平氏滅亡	
鎌倉時代 1192–1333	1192	▪ 源賴朝被任命為征夷大將軍	▪ 鐵木真稱霸蒙古，稱成吉思汗，蒙古帝國改為元朝
	1333	▪ 鎌倉幕府滅亡 ▪ 建武新政開始	▪ 元順帝即位，被明宗奪位
室町時代 1336–1573	1336	▪ 足利尊氏開啟室町幕府 ▪ 進入南北朝時代	▪ 朱元璋稱大明皇帝
	1392	▪ 南北朝統一 ▪ 足利義滿的全盛時代	▪ 靖難之變 ▪ 鄭和下西洋
	1467	▪ 應仁之亂 ▪ 戰國時代開始	
	1549	▪ 基督教傳入	
	1560	▪ 織田信長打敗今川義元而嶄露頭角	▪ 戚繼光、俞大猷於福建破倭寇
	1573	▪ 室町幕府滅亡，戰國時代結束	
安土桃山時代 1582–1603	1582	▪ 本能寺之變，織田信長被殺	▪ 後金努爾哈赤舉兵
	1590	▪ 豐臣秀吉統一天下	
	1598	▪ 豐臣秀吉去世	▪ 後金制定滿州文字
	1600	▪ 關原之戰，德川家康掌權	▪ 利瑪竇至北京傳教
江戶時代 1603–1868	1603	▪ 德川家康被任命為征夷大將軍 ▪ 德川家康建立江戶幕府	▪ 努爾哈赤遷都至興京
	1641	▪ 完成鎖國政策	▪ 後金改為清

	1853	▪ 美國東印度艦隊司令官佩里至浦賀，迫日本開港	太平天國攻陷南京，改為天京
	1864	▪ 英法美荷艦隊砲轟下關	▪ 太平天國亡
	1867	▪ 德川慶喜把政權還給朝廷(大政奉還) ▪ 王政復辟大號令	
明治時代 1868–1912	1868	▪ 明治政府誕生	▪ 英艦砲擊臺南安平港
	1869	▪ 遷都東京	
	1894	▪ 日清戰爭	▪ 甲午戰爭
	1904	▪ 日俄戰爭	▪ 對日俄戰爭宣布中立
大正時代 1912–1926	1914	▪ 第一次世界大戰	▪ 中華民國成立，定都南京
	1925	▪ 普通選舉法成立	▪ 孫中山逝世
昭和時代 1926–1989	1931	▪ 滿州事變 ▪ 關東軍建立滿州國	▪ 蔣中正下野，林森為政府主席
	1937	▪ 日中戰爭爆發	▪ 盧溝橋事變，開始抗戰
	1941	▪ 日本偷襲珍珠港，太平洋戰爭爆發	▪ 正式對大日本帝國宣戰
	1945	▪ 美軍在廣島、長崎投下原子彈 ▪ 日本接受波茨坦宣言並投降	▪ 臺灣光復
	1951	▪ 根據舊金山和平條約，日本恢復主權	▪ 美國開始對臺灣提供軍事、經濟援助
平成時代 1989– 今	1991	▪ 泡沫經濟瓦解，不斷更換首相	
	1994	▪「古都京都的文化財」登錄世界遺產	

參考資料：《圖解日本史》武光誠監修、陳念雍譯・易博士出版
《日本史》修訂二版，林明德著・三民出版
《京都四季》小學館 GREEN Mook

京都散策情報

作家筆下的京都舞台

芥川龍之介／《羅生門》、《藪之中》∣羅城門跡、朱雀門跡、東寺、清水寺、山科

川端康成／《古都》祇園、南禪寺、北山、平安神宮∣《美麗與哀愁》知恩院

夏目漱石／《虞美人草》、《門》、《抵京之夕》∣大原、 嵐山、嵯峨野、清水寺、圓山公園、知恩院、比叡山、天龍寺

三島由紀夫／《金閣寺》∣金閣寺、南禪寺、比叡山

森鷗外／《高瀨川》∣高瀨川

谷崎潤一郎／《細雪》、《陰翳禮讚》、《瘋癲老人日記》∣平安神宮、嵐山、法然院、清涼寺

志賀直哉／《暗夜行路》∣真如堂、銀閣寺、哲學之道、南禪寺、法然院、妙心寺

井上靖／《樓門》、《古寺巡禮》、《石の面》｜南禪寺、仁和寺

水上勉／《金閣炎上》、《五番町夕霧樓》、《雁の寺》、《銀の庭》｜金閣寺、相國寺、等持院

司馬遼太郎／《義經》、《龍馬傳》、《國盜物語》、《最後的將軍》｜五条大橋、貴船神社、首途八幡宮、靜神社、寺田屋、近江屋、靈山護國神社、高瀨川、本能寺、明智光秀之塚、二条城

吉田兼好／《徒然草》｜吉田神社

吉川英治／《宮本武藏》、《私本太平記》、《新平家物語》｜三十三間堂、等持院、六波羅蜜寺、宇治、瀧口寺、祇王寺、寂光院

大佛次郎／《鞍馬天狗》、《歸鄉》｜鞍馬寺、京都御苑、金閣寺、西芳寺

梶井基次郎／《檸檬》、《某種心的風景》｜寺町二条、四条通、京極

京都御所櫻花

鴨川畔

平野神社魁櫻

哲學之道櫻花

高瀨川邊

原谷苑櫻花

春櫻絢爛景點

☼ 日間　☽ 夜間

卍寂光院
卍三千院
■大原

卍貴船神社
卍鞍馬寺

叡山鞍馬線

卍延曆寺

叡山本線　八瀨比叡山口　京福電鐵鋼索線

宝ヶ池

卍高山寺
卍神護寺

丌上賀茂神社

叡山本線

■修學院離宮
卍曼殊院
卍詩仙堂

鴨川

卍源光庵
卍光悦寺
☼ 原谷苑
卍大德寺
卍金閣寺
☼ 龍安寺　☼ 平野神社☽
☼ 仁和寺
丌北野天滿宮

丌下鴨神社

卍銀閣寺
☼ 哲學之道

地下鐵烏丸線

☼ 平安神宮　☽ 岡崎界隈（琵琶湖疏水道）

大覺寺卍
☼ 退藏院
京都御苑東線
卍永觀堂
卍南禪寺

嵯峨野
小火車線
嵯峨野
嵯峨嵐山
嵯峨野線
卍天龍寺
京都嵐山本線
西院

☽ 二条城
烏丸御池
■河原町
■大宮
京都鴨東線
☼ 圓山公園
☼ 知恩院卍
☽ 高瀨川
（四条通）
丌八坂神社
☽ 圓德院

湖西線

嵐山・中之島
▲

阪急京都線

東本願寺

☽ 祇園白川畔
卍高台寺
☽ 清水寺
山科
京阪京津線

西本願寺
卍三十三間堂
JR琵琶湖線

西芳寺卍
阪急京都線
桂
卍桂離宮
☼ 東寺
京都
近鐵京都線
卍泉涌寺
卍東福寺

丌伏見稻荷大社

JR
京都線

京阪本線

JR奈良線

☼ 醍醐寺

京阪宇治線

阪急京都線

京阪京都線

地圖原畫：林佳瑩

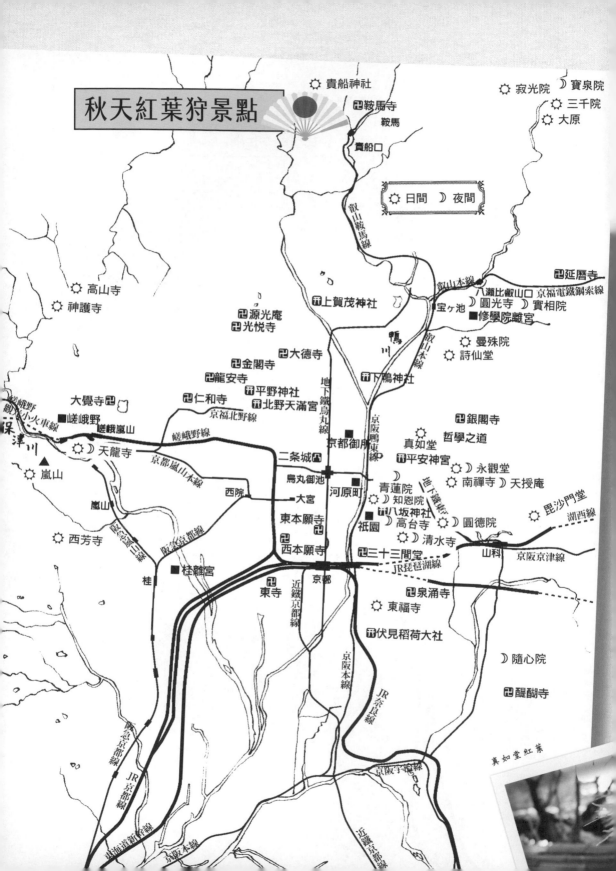

秋天紅葉狩景點

✿ 日間　☽ 夜間

✿ 貴船神社
卍 鞍馬寺
鞍馬
貴船口

✿ 寂光院　　寶泉院
　　　✿ 三千院
　　　✿ 大原

叡山鞍馬線

卍 延曆寺
八瀨比叡山口　京福電鐵鋼索線
圓光寺　☽ 實相院
■ 修學院離宮

叡山本線

✿ 高山寺
✿ 神護寺

卍 源光庵
卍 光悦寺

卍 大德寺
卍 金閣寺
卍 龍安寺
✿ 平野神社
卍 仁和寺
北野天滿宮

京福北野線

嵯峨野
觀光小火車線
桂津川
嵯峨野
嵯峨嵐山
嵯峨野線

大覺寺卍

✿ 天龍寺
京都嵐山本線

▲ 嵐山

嵐山
阪急嵐山線

✿ 西芳寺
■ 桂離宮
桂

阪急京都線

二条城 卍
烏丸御池
西院
大宮
東本願寺 卍
卍 西本願寺

上賀茂神社

鴨川

下鴨神社

地下鐵烏丸線

京都御所

京阪鴨東線

✿ 曼殊院
✿ 詩仙堂

卍 銀閣寺
哲學之道
✿ 真如堂
平安神宮
☽ 青蓮院
☽ 知恩院
卍 八坂神社
卍 高台寺
祇園
✿ 清水寺

✿ 永觀堂
☽ 南禪寺　☽ 天授庵
☽ 圓德院

南禪寺疏水

✿ 毘沙門堂
湖西線

山科
京阪京津線

卍 三十三間堂
JR琵琶湖線

京都

近鐵京都線

卍 東寺

京阪本線

✿ 伏見稻荷大社

卍 泉涌寺
✿ 東福寺

☽ 隨心院

卍 醍醐寺

JR奈良線

東海道新幹線
阪急京都線
JR京都線
京阪本線
近鐵京都線
京阪宇治線

真如堂紅葉

星野嵐山楓葉

勝林院紅葉

京都天龍寺

寂光院

真如堂紅葉

清水寺

京都花散策

梅 二月下旬～三月中旬
北野天滿宮、勸修寺、龍安寺、二条城、京都御苑

白木蓮 三月中旬～三月下旬
永觀堂

椿 三月下旬～四月上旬
銀閣寺、厭離庵、大澤池

油菜花 三月下旬～四月中旬
山科疏水、伏見酒藏町

櫻 四月上旬
清水寺、圓山公園、祇園白川、南禪寺、哲學之道、平野神社、醍醐寺

石楠花 四月中旬～五月中旬
高台寺、寂光院

山吹 四月下旬（棣堂花）
松尾大社、興聖寺、梨木神社

牡丹 四月下旬～五月上旬
乙訓寺、常照皇寺、大原野神社

嵐山嵯峨菊

天龍寺庭梅

 紫藤　**五月上旬**
長岡天滿宮、平等院、城南宮

 躑躅　**五月上旬**（杜鵑花）
三室戶寺、妙滿寺、梅宮大社、常岡天滿宮、城南宮

 花菖蒲　**五月下旬～六月上旬**
東福寺、平安神宮

 沙羅雙樹　**六月中旬～下旬**
東林院

 紫陽花　**六月中旬～七月上旬**（繡球花）
三室戶寺、藤森神社、善峰寺、三千院、岩船寺

 桔梗　**七月中旬～八月中旬**
盧山寺、天得院、城南宮

龍安寺山吹

 荷蓮　**七月下旬～八月中旬**
龍安寺、法金剛院、東寺、三室戶寺

 芙蓉　**八月上旬～九月中旬**
天龍寺、等持院

躑躅

荻　九月上旬～下旬
梨木神社、常林寺

 彼岸花　九月中旬（曼珠沙華）
嵯峨野

 石蕗　十月
圓德院

 嵯峨菊　十一月上旬～中旬
大覺寺

 山茶花　十一月上旬～十二月下旬
神光院、天龍寺、詩仙堂

 紅葉　十一月中旬～下旬
清水寺、真如堂、南禪寺、永觀堂、曼殊院、龍安寺、常寂光
　寺

 銀杏　十一月中旬～下旬
東本願寺、西本願寺、京都御苑、二条城

油菜花

荻

京都、奈良世界遺産 27 寺社

〈京都〉

* 平等院　　　　　* 仁和寺

* 宇治上神社　　　* 天龍寺

* 西本願寺　　　　* 西芳寺

* 東寺　　　　　　* 高山寺

* 清水寺　　　　　* 醍醐寺

* 金閣寺　　　　　* 上賀茂神社

* 銀閣寺　　　　　* 下鴨神社

* 龍安寺　　　　　* 二条城

　　　　　　　　　* 比叡山延暦寺

〈奈良〉

京都旅行 25 條嚴選路線

☻洛東

1. 銀閣寺 ➡ 法然院 ➡ 哲學之道 ➡ 永觀堂 ➡ 南禪寺 ➡ 青蓮院 ➡ 知恩院

2. 銀閣寺 ➡ 吉田神社 ➡ 真如堂 ➡ 金戒光明寺 ➡ 平安神宮

3. 清水寺 ➡ 高台寺 ➡ 圓德院 ➡ 掌美術館 ➡ 長樂館 ➡ 八坂神社 ➡ 圓山公園

4. 泉湧寺─東福寺 ➡ 伏見稻荷大社

5. 六波羅蜜寺 ➡ 河井寬次郎紀念館 ➡ 京都國立博物館 ➡ 方広寺 ➡ 三十三間堂

6. 六道珍皇寺 ➡ 建仁寺 ➡ 花見小路 ➡ 祇園 ➡ 祇園白川

京都美術館、博物館

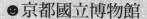

☻京都國立博物館

http://www.kyohaku.go.jp/eng/index.html

開館時間：9：30 至 17：00
休館時間：周一休館（若周一為國定假日則開館，順延至周二休館）
　　　　　新年期間與其他展間整理日
參觀門票
成　　人：520 圓
大 學 生：260 圓
＊18 歲以下及 70 歲以上免費入館，20 名以上享團體優惠折扣

☻京都府立堂本印象美術館

http://insho-domoto.com/

開館時間：9：30 至 17：00
休館時間：周一休館（若周一為國定假日則開館，順延至周二休館）
　　　　　新年期間與其他展間整理日
參觀門票
成　　　　　人：500 圓
高中及大學生：400 圓
國中及小學生：200 圓
＊滿 65 歲以上免費入場，20 名以上可享團體優惠

☺京都傳統工藝體驗館

http://www.miyakomesse.jp/fureaika/

開館時間：9：00 至 17：00
休館時間：夏季休館日、新年期間
參觀門票：免費入場

☺京都市美術館

http://www.city.kyoto.jp/bunshi/kmma/index.html

開館時間：9：00 至 17：00
休館時間：周一休館（若周一為國定假日則開館，順延至周二休館）
　　　　　新年期間與其他展間整理日
參觀門票：請參閱各展館說明

☺京都府京都文化博物館

http://www.bunpaku.or.jp/index.html

開館時間：10：00 至 19：30
休館時間：周一休館（若周一為國定假日則開館，順延至周二休館）
　　　　　新年期間與其他展間整理日
參觀門票
成　　人：500 圓
大　學　生：400 圓
＊18 歲以下免費入館，20 名以上享團體優惠折扣

☺細見美術館

http://www.emuseum.or.jp/

開館時間：10：00 至 18：00（不含茶室與附設咖啡館）
休館時間：周一休館（若周一為國定假日則開館，順延至周二休館）
　　　　　新年期間與其他展間整理日
參觀門票：請參閱各展館說明

☺野村美術館

http://nomura-museum.or.jp/

開館時間：春、秋季 10：00 至 16：30
休館時間：夏季（6 月中旬至 8 月下旬）
　　　　　冬季（12 月中旬至 2 月下旬）
　　　　　周一休館（若周一為國定假日則開館，順延至周二休館）
參觀門票
成　　　人：700 圓
高中及大學生：300 圓
國中及小學生：200 圓
＊ 20 名以上團體或 70 歲以上：500 圓

☺大山崎山莊美術館

http://www.asahibeer-oyamazaki.com/

開館時間：10：00 至 17：00
休館時間：周一休館（若周一為國定假日則開館，順延至周二休館）
　　　　　新年期間與臨時休館日
參觀門票
成　　　人：900 圓
高中及大學生：500 圓
持有身心障礙手冊：300 圓
＊國中生以下免費入館，20 名以上團體可享優惠

☺ 京都鐵道博物館

http://www.kyotorailwaymuseum.jp

開館時間：10：00 至 17：30
休館時間：周三休館，春假、暑假、新年期間
參觀門票
成人（高中生以上）：410 圓
孩童（3 歲以上）：100 圓
＊ 15 名以上團體可享優惠

☺ 京都國立近代美術館

http://www.momak.go.jp/

開館時間：9：30 至 17：00
休館時間：周一休館（若周一為國定假日則開館，順延至周二休館）
　　　　　　　新年期間與其他展間整理日
參觀門票
成　　人：430 圓
大 學 生：130 圓
＊未滿 18 歲、高中生與 65 歲以上免費入館，另 20 名以上可享團體優惠，如
　欲參觀館內特展，則門票費用以該特展票價計

☺ 京都府立陶板名畫之庭

http://toban-meiga.seesaa.net/

入園時間：9：00 至 17：00
閉園時間：每年 12 月 28 日至 1 月 4 日
參觀門票
成　　人：100 圓
＊ 18 歲以下及 70 歲以上免費入園

提供舞妓變身的場所

☻四季攝影

http://www.maiko-henshin.com/

四季本店
地址：京都府京都市東山区高台寺南門桝屋町 351-16
交通方式：搭乘市公車至「清水道站」，徒步 5 分鐘。
四季櫻花店
地址：京都府京都市東山区東大路松原上る辰巳町 110-9
交通方式：搭乘市公車至「清水道站」即達。
營業時間：9：00 至 17：00

☻染匠

http://www.sensho-kitamura.jp/

地址：京都市東山区下河原通高台寺門前下河原町 470
交通方式：搭乘市公車至「東山安井站」徒步 5 分鐘。
營業時間：10：00 至 18：00

☻朱勝山

http://www.jin.ne.jp/geisha/

地址：京都市東山区東山三条上る分木町 57
交通方式：搭乘京都地下鐵至「東山站」徒步 1 分鐘。
營業時間：9：00 至 22：00

☺ 舞香

http://www.maica.tv/

地址：京都市東山区四条下ル宮川筋 4 丁目 297

交通方式：搭乘京阪電車至「祇園四条站」徒步 3 分鐘，或搭乘阪急電鐵至「河原町站」徒步 5 分鐘。
營業時間：9：00 至 19：00

☺ 京の舞

http://www.kyonomai.com/

地址：京都市西京区嵐山西一川町 1-7

交通方式：搭乘阪急電鐵至「嵐山站」徒步 1 分鐘，或搭乘市公車於「嵐山站」徒步 2 分鐘。
營業時間：9：30 至 17：00

☺ 岡本織物（本店）

http://www.okamoto-kimono.com/

地址：京都市東山区五条橋東六丁目 538-14

交通方式：搭乘市公車至「五条坂」徒步 5 分鐘。
營業時間：9：00 至 20：00

☺ 京都市觀光協會支援變身舞妓著付協會

http://www.hensin-maiko.gr.jp/

「華陽」、「ペンション祇園」、「梅本」、「エ・マーサ」、「舞妓坂」五間合作店鋪，詳細資訊參見官方網站。

本書景點資訊

【京・食】

🍴 浜作 ★★★

官方網站：http://kyoto-gion-hamasaku.com/shop/

🚌 地點：京都市東山区祇園八坂鳥居前下ル　下河原町 498
交通資訊：搭乘京阪電車至「祇園四条站」下車徒 約 10 分鐘，或搭乘京都市巴士於「祇園站」下車徒步約 3 分鐘。

🍴 京都吉兆嵐山本店　★

官方網站：http://kyoto-kitcho.com/

🚌 地點：京都府京都市右京区嵯峨天龍寺芒ノ馬場町 58
交通資訊：坐京福電鐵在「嵐山站」下車，走路即可抵達。

🍴 晴鴨樓　★

官方網站：http://www.seikoro.com/

🚌 地點：京都市東山区問屋町通五条下ル三丁目西橘町 467
交通資訊：搭乘士營巴士 17 或 205 至「河原町五条巴士站」下車徒步 5 分鐘，或搭乘京阪電鐵於「清水五条站」下車徒步 2 分鐘可抵達。

🍴 玉半 ★

官方網站：http://www.tamahan.jp/

🚌 地點：京都府京都市東山区下河原通八坂鳥居前下る下河原町 477
交通資訊：於京都車站搭乘往祇園方向的京都市營巴士，於「東山安井」下車，徒步約 2 分鐘。

🍽 下鴨茶寮

官方網站：http://www.shimogamosaryo.co.jp/

🚌 地點：京都市左京区下鴨宮河町 62
交通資訊：於 JR 京都車站搭乘市營巴士 4 或 205 號至「新葵橋」下車，
徒步約 5 分鐘。

🍽 木乃婦

官方網站：http://www.kinobu.co.jp/top_f.html

🚌 地點：京都府京都市下京区新町通佛光寺下ル岩戸山町 416
交通資訊：於 JR 京都站換乘地鐵至地鐵「四条站」下車，徒步 5 分鐘即
可到達。

🍽 廣川鰻魚料理 ★

官方網站：http://unagi-hirokawa.jp/

🚌 地點：京都府京都市右京区嵯峨天龍寺北造路町 44-1（天龍寺斜對面）
交通資訊：JR「嵯峨嵐山站」徒步即達，或搭乘京福電鐵至「嵐山站」
徒步 3 分鐘。

🍽 奈良町豆腐庵近藤

官方網站：http://www.kondou-touhu.co.jp/

🚌 地點：奈良縣奈良市西新屋町 44
交通資訊：位於「奈良町資料館」、「格子之家」附近，於「奈良近鐵
站」下車，徒步約 15 分鐘。

🍽 串之坊

官方網站：http://www.kushinobo.co.jp/

🚌 地點：大阪市中央区難波 1-5-6
交通資訊：搭乘地下鐵御堂筋線，於「難波車站」下車，徒步約 3 分鐘。

🍽 o mo ya 錦小路

官方網站：http://www.secondhouse.co.jp/omoya2_cafe-top.html

🚌 地點：京都市中京区錦小路通麩屋町上ル梅屋町 499
交通資訊：搭乘阪急京都線於「河原町站」下車，徒步約 10 分鐘。

🍽 一風堂（錦小路店）

官方網站：http://www.ippudo.com/

🚌 地點：京都市中京区東洞院錦小路東入ル 阪東屋町 653-1 錦ビル 1F
交通資訊：搭乘阪急京都線，於「烏丸」站 18 號出口出站，徒步約 4 分鐘。

🍽 藤吉本店

官方網站：http://www.tokichi.jp/chinese_traditional/

🚌 地點：京都府宇治市宇治壹番十番地
交通資訊：搭乘 JR 奈良線，於「宇治」站下車，徒步 1 分鐘；或搭乘京阪線，
於「宇治」站下車，徒步 10 分鐘。

🍴 茂庵

官方網站：https://tabelog.com/tw/kyoto/A2601/A260302/26001082/

🚌 地點：京都府京都市左京区吉田神樂岡町 8 吉田山山頂
交通資訊：搭乘公車 5、17、203 於「淨土寺」站或「銀閣寺道」站下車，
徒步 15 分鐘。

🍴 咖啡蔦家

官方網站：https://tabelog.com/tw/kyoto/A2601/A260202/26001137/

🚌 地點：京都市中京区東洞院六角御射山町 260
交通資訊：搭乘地下鐵於「四条」站下車，或搭乘阪急於「四条烏丸」站
下車，徒步 5 分鐘。

佛像參拜鑑賞路線

1. 京都車站出發

東寺 ➡ 三十三間堂 ➡ 千本釋迦堂 ➡ 仁和寺 ➡ 法金剛院或轉往宇治平等院

2. 奈良車站出發

岩船寺 ➡ 淨瑠璃寺 ➡ 神童寺 ➡ 蟹滿寺 ➡ 觀音寺 ➡ 酬恩庵一休寺

【京 · 宿】

嵐山星野旅館

官方網站：http://www.hoshinoyakyoto.jp

地點：京都府京都市西京区嵐山中尾下町 57 渡月小橋付近星のや京都船待合

交通資訊：搭乘阪急電鐵於「嵐山站」徒步 7 分鐘，或搭乘京福電鐵嵐山本線至「嵐山站」徒步 10 分鐘。嵐山渡月橋南側，渡月小橋旁搭船口接駁船可達。

吉田山莊

官方網站：http://www.yoshidasanso.com/top/

地點：京都市左京区吉田下大路町 59-1

交通資訊：搭乘京阪電車至「出町柳站」或地下鐵「今出川站」轉 203 系統公車至「銀閣寺道站」徒步 10 分鐘。

俵屋

官方網站：http://www.yumeko-club.com/hotel/tawaraya.htm

地點：京都市中京区麩屋町通り姉小路上ル

交通資訊：搭乘東西線，於「京都市役所站」下車，徒步約 7 分鐘；或搭乘地下鐵，於「烏丸御池站」下車，徒步約 15 分鐘。

柊家

官方網站：https://www.hiiragiya.co.jp/

地點：中京区麩屋町姉小路上ル中白山町 277

交通資訊：搭乘地下鐵東西線，於「烏丸御池站」下車，徒步約 7 分鐘。

京都格蘭比亞大酒店

官方網站：http://www.granviakyoto.com/

地點：京都市下京区烏丸通塩小路下ル JR 京都站中央口
交通資訊：於 JR 京都站中央口出站，搭乘右側電梯上樓，來到 2 樓大廳。
（酒店大廳位於 2 樓）

鴻臚旅館

官方網站：http://www.kohro.com/

地點：京都府京都市中京区堺町通六角北東角
交通資訊：搭地下鐵烏丸線於「四条站」下車；或搭阪急線，於「烏丸
站」下車，步行約 5 分鐘。

翠嵐旅館

官方網站：http://www.suirankyoto.com/

地點：京都市右京区嵯峨天龍寺芒ノ馬場町 12 番
交通資訊：搭乘 JR 山陰本線嵯峨野線，於「嵯峨嵐山站」下車，步行
約 15 分鐘；搭乘阪急嵐山線，於「嵐山站」下車，步行約 15 分鐘。

京都五大祭典

5 月 15 日 葵祭 / 下鴨神社

7 月 1 日至 7 月 31 日 祇園祭 / 八坂神社

8 月 16 日 大文字五山送火 / 出町大橋附近 ➡ 船岡山 ➡ 嵐山渡月橋
➡ 京都車站

10 月 22 日 時代祭 / 京都御所 ➡ 平安神宮

10 月 22 日 鞍馬火祭 / 鞍馬由岐神社

【京・遊】

金閣寺

官方網站：http://www.shokoku-ji.jp/k_access.html

地點：京都市北区金閣寺町 1

交通資訊：從「京都站」搭乘 101 號或 205 號的直達公車，或搭地鐵烏丸線到「北大路站」，再轉乘區間車或計程車。

龍安寺

官方網站：http://www.ryoanji.jp/top.html

地點：京都市右京区龍安寺御陵下町 13

交通資訊：從「京都站」搭市公車 50 號「立命館大學前」下車，徒步 7 分鐘，或搭乘京阪電車於「三条站」轉乘市公車 59 號於「龍安寺前」下車，也可搭乘京福電車於「龍安寺道」站下車，徒步 7 分鐘。

八坂神社

官方網站：http://www.yasaka-jinja.or.jp/

地點：日本京都市東山区祇園町北側 625 番地

交通資訊：於京都站轉搭市公車 206 系統，在「八坂神社」站下車即達。或搭京阪電車至「祇園四条」站，徒步約 5 分鐘可達。

京都御所

官方網站：https://sankan.kunaicho.go.jp/guide/kyoto.html

地點：日本國京都府京都市上京区京都御苑 3

交通資訊：搭乘市營地下鐵烏丸線，於「丸太町站」下車，1 號出口出站，徒步 3 分鐘；或於「今出川站」下車，3 號出口出站，徒步 3 分鐘。

清水寺

官方網站：http://www.kiyomizudera.or.jp/

地點：京都市東山区清水一丁目
交通資訊：搭乘京阪巴士 83、85、87、88 等線，於「清水道」或「五条坂」
下車，徒步 10 分鐘。

銀閣寺

官方網站：http://www.shokoku-ji.jp/top.php

地點：京都府京都市左京区銀閣寺町 2
交通資訊：於 JR「京都」站轉搭往「京都」的市營巴士 5 或 17 號，約
25 分鐘車程，於「銀閣寺道」下車，徒步約 7 分鐘。

天龍寺

官方網站：http://www.tenryuji.com/cn/

地點：京都府京都市右京区嵯峨天龍寺芒ノ馬場町 68
交通資訊：搭乘市營巴士 11、28、93 路，於「嵐山天龍寺前」下車；或
搭乘京都巴士 61、72、83 路，於「京福嵐山站前」下車。

平等院

官方網站：http://www.byodoin.or.jp/ch2/index.html

地點：京都府宇治市宇治蓮華 116
交通資訊：搭乘 JR 奈良線，於「宇治站」下車，徒步 10 分鐘；或搭乘
京阪電鐵宇治線，於「京阪宇治站」下車，徒步 10 分鐘。

🏝 三千院

官方網站：http://www.sanzenin.or.jp/

🚌 地點：京都市左京区大原來迎院町 540
交通資訊：搭乘京都巴士 17 號，於「大原」站下車，徒步約 15 分鐘。

🏝 真如堂

官方網站：http://shin-nyo-do.jp/

🚌 地點：京都市左京区淨土寺真如町 82
交通資訊：搭乘市營巴士 5 號，於「真如堂前」下車。

【京名物】

🎁 一澤信三郎帆布

官方網站：http://www.ichizawa.co.jp/

🚌 地點：京都市東山区東大路通古門前北，知恩院前北へ東大路通西側
交通資訊：搭京都市公車 206 系統於「知恩院前站」下車即達，或搭乘京
都地下鐵於「東山站」下車，於 2 號出口徒步 5 分鐘。

🎁 錦市場

官方網站：http://www.kyoto-nishiki.or.jp/

🚌 地點：京都府京都市中京錦小路通
交通資訊：搭乘市公車 5 號至「四条高倉」，或搭地下鉄烏丸線於「四条
站」，或阪急京都線「烏丸站」下車徒步可達。

🎁 一保堂

官方網站：http://www.ippodo-tea.co.jp/

🚌 地點：京都市中京寺町通二条上ル
交通資訊：搭乘市公車至「京都市役所前」或「河原町丸太町」徒步 5 分鐘，或搭地下鐵至「京都市役所前站」徒步 5 分鐘。

🎁 嵐山ちりめん細工館（嵐山本店）

官方網站：http://www.chirimenzaikukan.com/

🚌 地點：京都市右京嵯峨天龍寺造路町 19 － 2
交通資訊：搭乘京福電鐵「嵐山站」下車即達，於天龍寺對面。

國家圖書館出版品預行編目資料

京都之心／曾郁雯著. -- 二版.
-- 臺北市：聯合文學, 2017.9
224 面；17×23 公分. --（繽紛；128 ）

ISBN 978-986-323-230-8（平裝）

855　　　　　　　　106015439

繽紛　128

京都之心

作　　　　者／曾郁雯	
發　行　人／張寶琴	
總　編　輯／李進文	業務部總經理／李文吉
責 任 編 輯／陳雅玲	行 銷 企 畫／許家瑋
實 習 編 輯／謝郁玟	發 行 助 理／簡聖峰
資 深 美 編／戴榮芝	財　務　部／趙玉瑩
實 習 美 編／陸承愛	韋秀英
協 力 美 編／林佳瑩	人 事 行 政 組／李懷瑩
校　　　對／李香儀 陳雅玲 曾郁雯	版 權 管 理／黃榮慶

法 律 顧 問／理律法律事務所
　　　　　　　陳長文律師、蔣大中律師
出　版　者／聯合文學出版社股份有限公司
地　　　址／（110）臺北市基隆路一段 178 號 10 樓
電　　　話／（02）27666759 轉 5107
傳　　　真／（02）27567914
郵 撥 帳 號／17623526 聯合文學出版社股份有限公司
登　記　證／行政院新聞局局版臺業字第 6109 號
網　　　址／http://unitas.udngroup.com.tw
　　　　　　　E-mail:unitas@udngroup.com.tw
印　刷　廠／沐春行銷創意有限公司
總　經　銷／聯合發行股份有限公司
地　　　址／（234）新北市新店區寶橋路 235 巷 6 弄 6 號 2 樓
電　　　話／（02）29178022

版權所有・翻版必究

出 版 日 期／2008 年 12 月　　初版
　　　　　　　2017 年　9 月 29 日　二版
定　　　價／340 元

ISBN　978-986-323-230-8（平裝）　　《本書如有缺頁、破損、裝幀錯誤、請寄回調換》